독자님, 이렇게 책으로 만나뵙게 되어 영광입니다.

블로그, SNS, 유튜브 등에 이 책을 읽은 리뷰를 남겨주시면

큰 힘이 됩니다.

리뷰에는 사진을 찍어 올려주시면 더욱 감사합니다♡

동영상으로 촬영하셔도 됩니다.

독자님의 따뜻한 감상평은 독서의 시간을 더욱 아름답게 할 것입니다.

앞으로도 더 좋은 책으로 만나뵙겠습니다.

그렇게 공무원이 되었다

그렇게 공무원이 되었다

초판 1쇄 발행 | 2020년 4월 20일

지은이 | 이재헌
펴낸이 | 김지연
펴낸곳 | 생각의빛

주 소 | 경기도 파주시 한빛로 70 515-501

출판등록 | 2018년 8월 6일 제 406-2018-000094호

ISBN | 979-11-90082-50-1 (03810)

원고 투고 | sangkac@nate.com

ⓒ이재헌, 2020

* 값 13,000원

* 생각의빛은 삶의 감동을 이끌어내는 진솔한 책을 발간하고
있습니다. 참신한 원고가 준비되셨다면 망설이지 마시고 연락
주세요.
이 도서의 국립중앙도서관 출판예정도서목록(CIP)은 서지정보
유통지원시스템 홈페이지(http://seoji.nl.go.kr)와 국가자료종
합목록 구축시스템(http://kolis-net.nl.go.kr)에서 이용하실 수
있습니다. (CIP제어번호 : CIP2020013136)

그렇게 공무원이 되었다

이재헌 지음

생각의빛

제1장 시작부터 합격까지

제2장 공시생 합격 꿀팁

제1장

시작부터 합격까지

나는 공무원이다

2019년 4월 6일, 9급 공무원 시험이 열린 날이다. 많은 공시생(공무원 시험준비생)이 배정받은 학교로 들어가 시험을 준비하고 있다. 짧게는 수개월 길게는 N년을 준비한 수험생들이 오직 오늘을 위해 준비해온 것이다. 시험의 시작종이 울리면 주변의 소리는 오로지 펜 소리와 종이 소리만 날뿐 그 이외의 어떤 소리도 들리지 않는다. 중간중간에 많은 학생의 한숨 소리와 함께 종이는 다음 장을 향해 넘어간다.

조용한 외부의 소리와는 다르게 내부의 소리 즉, 나의 심장 소리는 그 누구보다도 크게 뛰고 있었다. 한 문제, 한 문제 넘어갈 때마다 제발 내가 아는 문제가 나오길 바라면서 문제를 풀고 있었다.

이러한 긴장감 끝에 시험이 끝나고 나면 저마다 전화를 하거나 친구들과 대화를 하며 오늘 시험이 어땠는지에 관해 얘기를 나눈다. 잘 본 것 같다는 수험생도 있고 다음 시험을 준비해야겠다는 수험생도 있다.

9급 공무원 시험은 특성상 100문제를 100분 만에 풀어야 한다. 9급 공무원 시험은 여러 가지 과목 중에서 공통과목 3개 국어, 한국사, 영어를 제외한 선택과목 두 개를 스스로 정해서 총 5과목으로 시험을 보게 된다. 그래서 어떤 선택과목을 선택하느냐가 중요한 변수가 되며 얼마큼 공통과목을 잘 공부했는가는 시험의 합격을 가르는 중요한 요소로 작용한다. 누군가는 선택과목을 잘못 골라서 1년을 낭비하는 사람이 있으며 다른 누군가는 선택과목은 잘 봤지만 공통과목에서 점수가 잘 안 나와 불합격을 하는 경우도 있기 때문이다.

적게 뽑는 인원에 너무 많은 수험생이 몰리다 보니 단순히 열심히 공부한다고 되는 시험이 아니라 합격을 위한 전략을 짜야 하며 좀 더 빠르게 합격하기 위한 효율적인 공부도 해야 한다. 그래서 요즘 시대에서 가장 중요시하는 '정보'가 시험의 합격 포인트다.

또 어떤 선생님의 강의를 듣느냐도 굉장히 중요한 비중을 차지한다. 이로 인해 합격생과 불합격생이 갈라지기 때문이다. 어떤 선생님은 A 부분을 강조하지만, 다른 어떤 선생님은 A 부분을 간과하고 지나간다. 그래서 아무리 열심히 공부해도 결국 합격하지 못하는 경우가 발생한다.

이와 같은 일이 발생하지 않도록 공무원 시험을 준비하기 전에는 다른 합격생들의 후기도 참고하며 시험계획을 짜야 한다. 필자도 그렇게 시험을 준비했고 다른 사람들과의 정보를 공유하면서 공무원 시험을 준비했다.

하지만 19년 4월 6일은 나의 편을 들어주지 않은 것 같았다. 아침부터 입맛은 없었고 시험을 보러 가는 차 안에서도 멀미가 날 정도로 컨디션이 좋지 않았다. 또한 과민대장증후군으로 배에서는 벼락을 치듯이 소리가 나기 시작해 혹시 시험을 보다가 소리가 나지는 않겠냐는 이상한 걱정까지 하게 되었다. 시험을 치기도 전부터 6월에 있을 지방직 시험을 기대하자는 생각까지 하게 되었고, 손을 덜덜 떨면서 시험지를 받게 되었다.

시험 문제를 푸는 동안에도 내가 잘 볼 수 있겠냐는 생각은 떠나지 않았고 헷갈리는 문제들만이 계속 내 앞을 막아섰다. 그래도 중간중간에 아는 문제들이 나올 때는 흥분하지 않고 천천히 보기들을 잘 읽자는 마음으로 문제를 풀었다.

작년 시험에서는 아는 문제가 나와 너무 흥분한 나머지 문제를 제대로 읽지도 않고 답을 체크해 틀린 적이 많았기 때문에 이번 만큼은 시간을 더 쓰더라도 안전하게 문제를 풀려고 노력했다.

시험이 끝난 후에는 내가 어떻게 시험을 봤는지도 기억이 나지 않았고, 헷갈렸던 문제들만 기억에 남았다. 그래서 바로 이를 말하면서 어리광부리고 싶었지만 차마 전화할 용기가 나지 않았다. 결국 이번 시험도 안됐다는 생각만으로 가득 찼기 때문이다.

그렇게 체념을 하면서 집으로 터벅터벅 걸어가던 도중 어머니에게 전화가 왔고 전화를 받은 나에게 어머니는 물었다.

"시험은 잘 봤니?"

"최선을 다해서 봤어요. 근데 아마 6월 지방직 시험을 준비해야 할 것 같아요."

"그래, 최선을 다해서 봤으면 됐다. 고생했으니 집에 가서 쉬어라."라고 말씀하신 후 전화는 끊겼다.

세상은 예상한 대로 흘러가지 않는다. 누구나 희망을 바라고 누구나 기적을 바란다. 하지만 현실은 지독할 만큼 냉정했다. 기적은 없었고 희망은 헛된 것이라는 것을 너무 잘 알고 있었다.

도착한 집에는 아무도 없었다. 물론 아무도 없는 편이 나에겐 너무 좋았다. 눈물을 마음껏 흘리기엔 너무나도 좋은 환경이었기 때문이다. 나는 하염없이 눈물을 흘리다가 잠이 들었고 울리는 전화벨 소리에 잠에서 깼다. 같이 공무원을 준비하던 친구에게서 전화가 온 것이다.

"채점해봤어?"

"아니, 잘 못 본 것 같아서 아직 채점 안 했어."

"한번 채점해봐. 나도 합격까지는 어려울 것 같기는 한데 그래도 생각보단 잘 나와서 놀라긴 했다."라는 친구의 말에 용기를 얻어 대답했다.

"그래? 알았어. 지금 한번 해볼게."라고 말하고 바로 끊었다.

별로 채점하고 싶지 않았지만, 어차피 6월에 지방직 시험이 있었기에 편안한 마음으로 채점하자는 마음으로 채점을 시작했다.

요즘은 하나하나 정답을 보며 채점하는 방법보다는 답안지에 답을 그대로 인터넷에 입력하면 전 과목을 전부 채점해주는 방식이 있다. 하나

하나 채점하는 게 귀찮았고, 틀릴 때마다 마음이 찢어지는 것 같아서 나는 이 방법으로 늘 채점을 한다.

공무원과 관련된 유명한 인터넷 사이트를 켜서 답을 입력하고 채점을 했는데 도저히 눈으로 보고도 믿을 수 없는 점수들이 내 눈 앞에 적혀 있었다. 너무 놀랐기에 이 점수는 다른 사람의 점수인 건가 생각했고, 다시 한번 침착하게 확인해 보니 분명한 내 점수였다. 게다가 내 점수 옆에는 '합격 확실권'이라는 글씨가 보였고, 내가 쓴 직렬 중에서는 상위 7%라는 글자도 보였다. 내 느낌과는 전혀 다른 점수와 또 그 옆에 적혀 있는 합격 확실권은 그동안에 나의 노력을 증명하듯이 당당하게 쓰여 있었다.

인생은 생각처럼 흘러가지 않는다. 즉, 좋은 일만 가득할 거라고 생각해도 안 좋은 일은 일어나기 마련이다.

하지만 반대로 생각하면, 안 되리라 생각했던 일 또한 의외로 잘 풀릴 때가 있다. 누군가는 이것을 기적이라 부르고 혹은 행운이라 부른다.

지독하게 냉정한 현실 속에서 기적이 혹은 행운이 찾아왔고 그로 인한 내 변화는 한마디로 요약된다.

나는 공무원이다.

졸업을 앞두고

5년 전, 26살 4학년 어느 여름 여느 때와 같이 등교하면서 졸업 후에는 무슨 일을 할지에 관한 고민을 하고 있었다. 주변 친구들은 공인회계사 자격증을 준비한다거나 혹은 공기업 아니면 대기업 등 취업을 위해 스펙을 쌓고 있었는데, 나는 이렇다 할 스펙 하나 없이 살아가고 있었다.

뭐가 된다는 것이 나에겐 너무나도 어려운 문제였다. 고등학생 때 대학교를 들어가면 뭐든지 해결될 것이라는 막연한 믿음이 있었다. 하지만 대학교를 들어가 보니 더 큰 경쟁이 기다리고 있었고 누군가 내 미래를 설계해주는 것이 아닌, 스스로 설계해야 한다는 것을 깨닫게 되었다.

고등학교 시절에는 대학교라는 공동의 목표로 선생님의 도움을 받아

갈 수 있는 대학교를 선택해 지원했다면, 이제는 취업이라는 공동의 목표로 각자 개인이 선택하고 준비해야 하는 단계이다. 항상 시키는 것만을 열심히 하던 나에게 이런 상황은 너무 갑작스러웠고 고등학교 때도 안 오던 사춘기가 대학생이 되어서야 왔다. 어떤 직업을 가져야 할지 혹은 무슨 일을 하고 싶은지에 대한 개념 자체가 없었기 때문에 시작조차도 할 수가 없었다. 그에 반해 같은 과 친구들은 하나둘씩 각자의 자리에서 노력하기 시작했고, 나는 하루하루 뒤처지고 있다는 느낌만 들기 시작했다.

어느새 시간은 흘러 26살이 되었고 나는 외딴섬에 홀로 살고 있다는 느낌이 들었다. 친구들의 취업 소식이 여기저기서 들려오기 시작했고, 나 스스로에 관한 불안감은 커져만 갔다. 무사히 학교를 잘 다닌다면 내년에 졸업하므로 취업이라는 문제가 한층 더 내 눈앞에 다가왔다. 게다가 이에 엎친 데 덮친 격으로 큰 사건이 또 한 번 일어나게 된다.

우리 집은 내가 스무 살 때부터 귀농하여 농사를 짓기 시작했다. 주로 상추를 심으면서 농사를 지었는데, 상추가 일반 상추랑 다른 꽃 모양의 상추여서 그런지 굉장히 인기가 좋았다. 맛 또한 아삭아삭 소리가 날 만큼 식감이 살아 있었고, 모양도 꽃 모양이다 보니 백화점이나 마트에서도 인기가 폭발이었다.

어느 날은 모 대기업에서도 같이 거래를 해보자는 연락을 받아 우리 가족이 굉장히 좋아했던 기억이 있다. 학교에서 공부하던 나에게 끝나고 집으로 바로 오라는 아버지의 전화에 무슨 일이 생긴 줄 알고 급하게 뛰어왔던 날이었다. 온 가족은 케이크와 맛있는 음식을 차려놓은 상태에서 나를 기다리고 있었고, 아버지의 농장이 대기업과 거래를 하기 시작했다는 소식을 나에게 전해주었다. 지금 생각해보면 이 당시가 우리 가족이 같이 살면서 가장 행복해하며 기쁨을 나눴던 때가 아니었나 싶을 정도로 축제의 날이었다.

하지만 기쁜 일이 찾아오면 슬픈 일도 찾아오듯이 시원하기만 했던 여름이 어느 순간 끔찍한 더위로 바뀌었고 상추는 이를 견디지 못해 죽어가기 시작했다. 다른 농산물도 마찬가지겠지만 상추는 미리 돈을 빌려 상추씨를 사 오고 그걸 농장에서 심은 다음 상추가 되면 파는 형식으로 거래가 이루어진다. 근데 대기업과 거래를 하다 보니 상추를 굉장히 많이 심어야 했고 이를 심기 위해서는 많은 돈을 빌려 상추 씨를 사야만 했다. 그래서 상추 씨를 많이 사서 상추를 심었으나 무더위로 인해 상추가 다 죽어버린 것이다. 돈은 돈대로 빌리고 상추는 상추대로 자라지 못하고 죽다 보니 대기업과의 거래도 취소될 상황이 되었다.

아버지는 어떻게든 상추를 살리려고 노력했지만 계속되는 끔찍한 더위 앞에서는 어떠한 것도 할 수가 없었다. 결국 이를 기다리지 못한 대기업은 계약을 취소하자고 통보했고 우리는 한순간에 가정형편이 어려워지게 되었다. 이와 동시에 나는 학교에 다닐 형편이 되지 못해 강제 아닌 강제 휴학을 하게 되었고 자연스럽게 백수가 되었다.

그때부터 돈에 대한 필요성이 얼마나 중요한지를 깨닫게 되었고 하루 빨리 취직을 해야겠다고 생각하게 되었다. 하루에 한 끼를 먹기 위해 아버지는 택배 상하차로 출근하셨고 어머니는 부업을 하셨다.

　아버지의 연세가 적지 않았기에 아르바이트를 구할 수 있는 것이 제한되었고 아침에는 농장에 가셨다가 오후에야 할 수 있는 아르바이트를 구해야 했기에 이 조건에 맞는 아르바이트는 택배 상하차밖에 없었다.

　아버지가 상하차로 번 돈을 우리 가족이 밥을 먹었고, 때로는 식빵이나 건빵 같은 것으로 식사를 대신 하곤 했다.

　나는 당장 취직을 하기 위해 알아봤으나 그동안 취업을 등한시해왔기 때문에 어디를 어떻게 지원하고 또 어디에 취직해야 하는지에 대한 개념이 없었다. 게다가 급하게 취업하려고 해도 대부분 회사는 대학교 졸업장이 필요로 했기 때문에 내가 선택할 수 있는 직업은 극히 한정되어 있었다.

　결국 당장 취업하는 것을 포기한 채 아르바이트를 시작했고 학원에서 조교를 하면서 일단 가정형편이 나아질 때까지는 취업을 미루게 되었다.

　내가 일한 곳은 영어학원이었고 강의를 직접 하기보다는 아이들이 모르는 영어 문제를 가져오면 가르쳐주면서 쉽게 영어 공부를 할 수 있도록 알려주는 것이었다. 일은 어렵지 않았지만 더 늦기 전에 취업해야 한다는 부담감이 하루하루 심해지기 시작했다.

　나에게 취업이란 평생 하는 일이기 때문에 하고 싶은 일을 찾으면 하는 것이라고만 생각했는데 지금은 내가 취업을 해야 우리 가족이 하루를 혹은 더 나아가 한 달을 살 수 있는 힘이 되는 것이다.

결국 이렇다 할 취업을 하지 못한 채 하루하루를 아르바이트만 하면서 보내다 보니 표정이 안 좋아졌고 부정적인 생각들로만 가득 차 있었다. 아무리 아르바이트를 열심히 한다고 해도 벌 수 있는 돈의 양으로는 아무것도 할 수 없었기 때문이다.

그러던 중 학교에서 가장 친한 친구가 공무원을 준비한다는 소식을 듣게 되었다. 앞으로 잘 못 만나니 한번 보자는 연락이 오게 되었다. 안 그래도 힘들게 살고 있었는데 오랜만에 친구를 만나 즐거움을 느끼고자 술자리를 가지게 되었고 거기서 나는 친구와 처음으로 취업에 관한 얘기를 하게 되었다.

항상 취업 얘기만 나오면 피하던 내가 진지한 표정으로 왜 공무원이 되기로 했냐는 질문이나 경쟁률이 어느 정도냐는 질문에 친구는 적잖이 놀라며 대답했다.

"공무원이 되기로 한 것은 아버지 덕분이야. 아버지가 공무원이신데, 다른 사람에게 존중받으면서 일하시는 모습이 너무 멋있어 보였고 나라를 위해 일을 한다는 것이 얼마나 대단한 것인가를 곁에서 지켜봤기 때문에 선택하게 되었어. 그리고 기업에 취업하면 왠지 나만의 시간을 갖기가 어려울 것 같아서 더욱 공무원에 끌렸던 것 같아."

"그래도 공무원은 굉장히 보수적일 것 같고, 뭔가 앉아서만 일해야 하니까 나는 별로 흥미를 못 느낄 것 같은데……." 라고 나는 약간 부정적인 말투로 대답했다.

"물론 대부분의 공무원은 그럴 수 있지만, 공무원에게도 여러 직렬이 있어. 나는 그중에서 세무직을 할 거야. 세무직은 출장도 다니면서 바쁘게 움직이는 직렬이거든."이라는 친구 대답에 나는 놀라움을 감추며 대답했다.

"공무원도 다 같은 공무원이 아니네? 나는 공무원은 다 동사무소에서 일하는 공무원인 줄 알았어. 혹시 또 어떤 직렬이 있는지 알려줄 수 있어?"

"공무원은 감사직이라는 직렬도 있어. 옛날로 치면 암행어사와 같은 거지. 출장을 다니면서 공기업의 회계장부를 조사하는 일을 해. 즉, 감사를 하는 거지. 뭔가 잘못된 방법으로 돈을 쓴 내용이 있는지 혹은 어디 문제가 있는 건 없는지 조사하는 일을 한다고 생각하면 편해." 라는 친구 말에 감사직이라는 직렬이 멋있어 보였고 당장 학교 졸업장이 없어도 지원할 수 있다는 것이 나에겐 큰 이점으로 다가왔다. 게다가 요즘 같은 시대에 안정적인 직업하면 떠오르는 것이 공무원이니 미래를 위해서도 더할 나위 없는 좋은 직업이라고 생각했다.

공무원은 민원만 담당할 거라는 내 생각과는 다르게 여러 가지 일을 한다는 것을 깨닫게 되었고 한번 자세히 알아보고 싶다는 생각이 들었다.

감사직 공무원

감사직 공무원에 대해 친구와 대화를 나눈 이후 집에 와서 나름대로 조사를 해봤다. 감사직 공무원은 말 그대로 출장을 많이 다니면서 공기업을 감사하는 일을 주 업무로 한다.

아무래도 기업을 감사하는 일을 하다 보니 다른 직렬과는 다르게 시험을 볼 때 경영학과 회계학을 공부해야만 한다. 이 때문에 감사직은 다른 직렬보다 공부해야 할 범위가 굉장히 넓고 한 과목 한 과목마다 난도가 굉장히 높아 처음 시험 때 한 번에 붙는 사람이 극소수에 달한다고 한다. 게다가 뽑는 인원도 많아야 14명 정도라 정말 열심히 하지 않으면 안 되는 직렬이다.

학벌도 엄청 높은 사람만 지원한다는 소문과 세무사 자격증이나 회계사 자격증을 가지고 있는 사람들이 지원한다는 얘기도 널리 퍼져 있었다. 이런 악조건 속에서도 그나마 다행인 것은 합격 컷이 다른 직렬보다 유난히 높거나 그러지 않았고 오히려 더 낮을 때도 많다는 것이다.

더불어 감사직 공무원의 장점은 출장에 관한 수당 덕분에 다른 공무원들과는 달리 돈을 더 많이 벌고 좀 더 활동적으로 직무를 수행한다는 것이다. 하지만 그보다도 더한 장점은 암행어사라는 사회적 시선이 가장 컸던 것 같다. 돈도 물론 중요하지만 다른 사람이 나를 평가할 때 감사직 공무원이라고 말하는 것이 나를 더 높여 줄 것으로 생각했다. 또 일반 공무원과는 다르게 서울의 중심에 위치해 있는 감사원에 출퇴근하는 공무원 그 자체만으로도 나에겐 너무 빛이 나 보였다.

여름이 지나면서 점차 날씨는 선선해지기 시작했고 가정형편도 조금씩 나아지게 되었다. 하지만 나는 이왕 휴학한 김에 도서관에서 제대로 공부해야겠다고 다짐했다. 이를 실천하기 위해 매일 아침 7시까지 도서관에 가서 저녁 10시까지 공부를 하고 나오자는 생각으로 노력했다. 그때 나이는 27살이었고 못해도 2년 안에 붙겠다는 마음으로 공부하기 시작했다.

영어는 2017년 국가직 시험부터는 사라져서 총 6과목을 공부하면 됐는데 그때 당시에는 16년도여서 과목은 영어를 추가한 국어, 한국사, 행정법, 헌법, 경영학 그리고 회계학이었다. 거의 제로베이스나 다름없는 나에겐 하나하나의 과목들이 주는 압박은 어마어마했다.

한국사라는 과목만 해도 나는 구석기, 신석기, 청동기시대 정도밖에 모르는데 이걸 세세하게 다 외워야 한다. 역사적 위인뿐만 아니라 양반 하물며 천민 중에도 외워야 할 사람들이 있다. 공무원이라는 시험이 이렇게까지 어려운 시험이라는 것을 공부하면서 처음 알게 되었다.

처음 도서관을 다닐 때는 체력도 어느 정도 있었고 의지도 있다 보니 하루 순 공부 시간이 10시간 정도 나왔는데 한두 달 지나면서 순 공부시간이 8시간 정도로 내려갔다. 매일 놀러 다니기만 하다가 갑자기 공부하니까 오래 앉아 있는 것 자체가 매우 큰 피로감을 가져왔다. 허리 통증부터 눈 통증까지 안 아픈 곳이 없었고 전에는 없던 과민대장증후군까지 생겼다.

그리고 도서관에서 공부하다 보면 다른 사람의 눈치를 안 볼 수가 없다. 뭔가를 하거나 노래를 들을 때도 혹시나 피해를 주지는 않을까 생각해야 하므로 신경이 계속 날카롭게 서 있었다. 그래서인지 공부를 하다가 쉴 때는 다른 사람의 눈치를 보기 시작했고, 공부에 대한 집중력은 자연스럽게 떨어지기 시작했다.

도서관에서 공부한 지 6개월이 지날 때는 다른 사람의 시선이 더욱 신경 쓰이기 시작했다. 작은 소리도 시끄럽게 느껴졌고 헛기침 소리에는 전쟁 난 소리처럼 들렸다. 이러다 보니 하루하루가 걱정이었다. 오늘은 무슨 일 때문에 집중이 흐트러질까 하는 생각마저 들었다.

사실 공부가 안되는 것을 다른 곳에 탓하고 싶었다. 스스로 공부가 잘되면 그런 소리조차 들리지 않을 텐데 점점 체력도 약해지고 공부도 하기가 싫어지면서 작은 소리가 나에겐 더욱 크게 들렸던 것 같다.

처음에는 친구들도 많은 응원을 해주었고 가끔 도서관에 와서 같이 공부도 했지만 시간이 지나면서 하나둘 멀어지기 시작했다. 공부라는 게 그런 것 같다. 잠깐 내려놓고 놀고 싶다가도 정말 놀기 시작하면 금단 증상이 일어나는 것처럼 불안해지기 시작한다. 내가 지금 공부를 안 하고 놀아도 되는지에 대한 되물음과 분명 지금 이 시각에도 다른 사람들은 열심히 공부하고 있을 텐데 하는 불안감은 계속해서 나를 괴롭혔다. 이러한 두려움 속에 같이 지내던 친구들은 하나둘씩 나에게서 멀어져갔다. 연락하거나 만날 때면 늘 하는 얘기가 공무원 시험 관련 얘기만 하다 보니, 친구들은 나에 대한 흥미를 잃어가기 시작했다.

그래도 나는 합격하면 친구들이 다시 돌아올 거라는 근거 없는 믿음으로 대수롭지 않게 생각하며 다시 공부하기 시작했다. 고등학교 때도 공부를 하다가 친구들이랑 자주 못 놀게 되었는데, 대학교 들어가서 다시 만나 놀았던 기억이 있었기에 지금 약간의 소원해진 관계는 합격할 경우 바로 회복될 거라고 굳게 믿었다. 하지만 이 믿음대로 되지 않는다는 것을 깨닫는 데는 그리 오래 걸리지 않았다.

그렇게 첫 시험

도서관에서 공부한 지 1년이 지나 드디어 첫 시험을 보게 되었다. 처음 본 공무원 시험은 굉장히 낯설었다. 140분 동안 140문제를 푸는 것인데, 이게 상식적으로 가능한 건지 도저히 이해되지 않았다.

국어는 읽다가 시간이 다 가고 경영과 회계는 계산 문제도 있었다. 말이 되는지 모르겠다. 시험지를 받고 문제를 푸는 순간에도 계속해서 시간을 의식했고 문제를 반 정도 풀기 시작했을 때는 이미 시간은 많이 흐른 뒤였다. 시간을 신경 쓰지 않으려고 애를 써도 시선은 자꾸 시계를 향해 갔다. 그러다 보니 정말 말도 안 되게 시험을 치고 첫 시험은 그렇게 끝났다.

시험이 끝나고 교실 밖으로 걸어 나오는데 내가 이렇게 시험을 치려고 1년을 공부만 했나 하는 자괴감이 들었고 이 시험을 다시 공부해서 본다고 해도 과연 합격할 수 있을까 하는 생각마저 들었다.

고등학교 때 치렀던 수능시험을 생각해보면 과목마다 시간이 나뉘어 있어서 그 시간에만 맞춰서 풀면 그만이었다. 하지만 공무원 시험은 7개의 과목을 총 시간인 140분 동안 자유롭게 푸는 것이다. 어떤 사람은 국어를 푸는데 30분을 쓰기도 하고 한국사를 푸는데 10분만 쓰기도 한다. 따라서 자기가 잘하는 과목이 무엇인가를 스스로 알고 있는 것이 유리하다. 그 과목에서 시간을 많이 아껴야 국어와 같이 시간을 많이 써야 하는 과목에서 여유롭게 투자할 수 있는 것이다. 이런 것들을 첫 시험을 망친 후에야 깨닫게 되었다.

아마 대부분의 공무원 수험생이 처음 시험을 본다면 문제를 풀다가 깜짝 놀랄 것이다. 자신이 예상한 것보다 시간은 훨씬 빠르게 흐르고 문제는 생각보다 어렵다는 것을.

얼마나 정신이 없었는지 가방 문도 열고 전철에 타려다가 뒤에 계신 할머니께서 알려주셔서 가방 문을 닫았을 정도다. 가방 문을 닫으려고 본 가방 속에는 7과목의 책들이 가지런히 놓여 있었는데 그걸 보자마자 이러려고 이렇게 비싼 책을 샀나 하는 후회가 몰려왔다. 부모님께서 잘 봤냐는 질문에 대답도 하지 않고 침대에 누웠다. 나 스스로가 결정한 시험에서 스스로가 문제를 풀고 왔는데 왜 책임은 부모님에게 넘기려고 한 걸까. 내 자신이 너무나도 창피했다.

물론 내 계획은 2년을 목표로 한 것이기에 첫 시험을 망쳤다고 해서 기죽을 생각은 없었다. 다만 어느 정도 점수는 나와 주기를 내심 기대했던 것 같다. 그렇기에 집에 와서 채점할 때 평균 70점 이상 정도만 되면 기분 좋게 재수하자고 생각했었는데, 내 기대와는 다르게 처참한 점수가 나왔다. 회계와 한국사는 40점이 나왔고 나머지 과목은 고작해야 60점이다. 평균도 50점이 넘을 정도로 아슬아슬하게 나왔다. 열심히만 하면 다 될 거라고 생각했던 나에게 이 점수는 다시 공부를 시작할 의지를 박살내 버리기에 충분했다.

하루에 순 공부를 8시간에서 10시간씩 꾸준히 했음에도 평균 50점을 겨우 넘는다는 것이 나에겐 큰 충격이었고, 깔끔하게 포기를 하자는 생각으로 가득 찼다. 결국 학교를 다시 복학하기로 했고 그렇게 첫 시험은 끝이 났다.

차가운 빗속에 따뜻한 우산

28살에 대학교에 다시 복학해 아무 생각 없이 학교와 집만을 왔다 갔다 했다. 처음으로 뭔가를 하고 싶어서 도전했던 시험에 처참하게 무너진 나는 다시 원래의 나로 돌아온 것이다. 연락을 끊었던 친구들에게도 다시 연락하기가 미안하고 또 민망했다. 학교에 다니다가 아는 사람을 만나도 죄인처럼 짧은 인사만 하고 자리를 피했다. 나이도 학교에 다닐 만한 나이가 아니었기에 학교 안에서 나란 존재가 너무나도 부끄러웠다. 한없이 자존감이 낮아지고, 누군가를 만나는 것 자체가 나에겐 크나큰 불편함으로 다가왔다.

새로운 사람을 만나는 것은 나 자신을 그 사람에게 소개해야 한다는 것을 의미한다. 나이는 28살에 좋은 직장 하나 없고 아직도 학교에 다니는 나는 보잘것없는 사람이었기에 누군가에 앞에 가서 자신을 소개한다는 것은 굉장히 부끄러운 일이었다. 이런 모습이 다른 사람에게도 전해졌는지 아무도 나랑 가까이 하려고 하지 않았다. 단 한 사람을 빼고 말이다. 그 사람은 우연히 만나게 되었다.

복학하고 학교에 다닌 지 얼마 되지 않던 날이었다. 9월 초였기에 아직은 여름이 다 지나지 않은 날씨였고 그날따라 날씨는 어두웠다. 나는 비가 내리는 것을 눈으로 보기 전에는 우산을 들고 나가지 않는 성격이어서 점점 어두워지는 날씨에 괜한 불안감이 커졌다.

수업이 끝나려면 아직 1시간이나 남았기 때문에 집에 도착하기 전까지는 비가 내리지 않기를 바라고 있었다. 그러나 내 바람과는 다르게 비는 쏟아지기 시작했고 나는 망연자실해 있었다. 학교 정문 앞에서 지하철까지 뛰어갈까 아니면 도서관에서 비가 그치기를 기다릴지 고민하면서 비를 바라보고 있었다. 그때 같이 수업을 듣던 여성분이 다가와 내게 말을 걸었다. 그녀는 키가 160cm 정도 되었으며 환한 미소에 정말 잘 어울리는 하늘색 원피스를 입고 있었다.

"혹시 우산 안 가져오셨으면 같이 쓰실래요?"

너무나도 예상하지 못했던 질문에 나는 너무 놀라서 한참을 쳐다봤다. 그런 나를 안심시켜주려는 듯 말을 이어갔다.

"행정학 수업 들으시죠? 저도 그 수업 들어요. 가끔 지나가다가 마주쳤는데 모르시겠죠?" 라고 말하면서 환하게 웃는 모습에 나도 웃으며 대답했다.

"그럼 혹시 지하철까지만 데려다주실 수 있으세요?"

"좋아요!"

지하철까지는 생각보다 멀었기에 가면서 어떤 말을 해야 할지 걱정이 되었다. 나 자신의 모습이 너무 부끄럽고 한없이 작게 느껴져서 그녀와 눈도 제대로 마주치지 못할 것 같았다. 그렇게 학교 정문을 나서면서 우리는 우산을 같이 쓰고 걷게 되었다. 그리고 내 걱정과는 다르게 그녀는 능숙하게 대화를 이어나갔다. 자신은 몇 학번이며, 어디에 살고 있고, 또 좋아하는 음식이 뭔지까지도 말하면서 쉼 없이 대화를 이끌어갔다. 그런 그녀의 모습이 너무 좋았고 어느샌가 나는 그녀의 말을 집중하면서 듣기 시작했다. 그녀는 혹시나 내가 비에 젖을까 봐 내 발걸음을 맞춰 걸으며 최대한 우산을 내 쪽으로 씌어주었다. 그런 행동 하나 하나가 나를 설레게 했고 만난 지 얼마 되지 않았음에도 이 친구가 바르고 착한 사람 이라는 것쯤은 알 수 있었다. 비가 점점 약해지면서 우리는 우산을 접었음에도 대화를 끊임없이 이어갔다. 시간이 얼마나 지났을까? 어느새 가까워진 역을 바라보면서 아쉬움마저 들던 나에게 그녀는 걸음을 멈추며 말했다.

"저 덕분에 비 맞지 않으셨으니까 다음 번에 커피라도 사주셔야 해요!"

이 말과 함께 지하철역에서 우리는 헤어졌고 나는 그동안 겪어보지도 못했던 이런 상황 속에서 정신이 나가 있었다.

학교를 7년 가까이 다니면서 들어본 적도 경험해본 적도 없던 상황이었기에 집까지 어떻게 왔는지 기억도 나지 않았다. 분명 대화할 때는 한마디라도 놓칠까 봐 엄청나게 집중하면서 들었지만 헤어지고 나서는 하나도 생각이 나지 않았다.

집으로 돌아와 마음을 진정시키면서 그녀랑 했던 대화들을 생각해봤다. 그녀의 이름은 문아(이 책에서는 가명을 썼어요!)라고 했고 같은 과에 3학년이라고 했다. 나에게 우산을 씌워주려고 했던 것은 자신도 비를 맞고 집에 가서 감기에 걸린 적이 있었기 때문에 또 그때 아무도 우산을 씌워주는 사람이 없어서 서러움을 느꼈기에 그런 감정을 다른 사람은 느끼지 않도록 하기 위해 우산을 씌워준 것이라고 했다.

복학하고 항상 우울한 얼굴로 다녔던 나에게 누군가 먼저 다가와서 이렇게 말을 걸어준 것이 나에게는 너무나도 고맙고 감동적이었다. 그 사건을 계기로 우리는 같은 수업을 들을 때마다 옆자리에 앉기 시작했고 시간이 맞는 날에는 점심이나 저녁을 같이 먹으면서 급속도로 친해졌다.

하지만 한 가지 걸리는 것은 문아는 아직 내 나이를 모른다는 것이었다. 사실 전부터 문아가 나에게 나이가 몇 살이냐고 물어봤지만 차마 28살이라고 말하기 힘들었다. 가장 큰 이유로는 너무나도 많은 나이 차이로 인해 혹시나 문아와의 관계가 멀어지지는 않을까 하는 걱정 때문이었다. 문아는 22살이었고 나는 28살이니, 6살이나 나이 차이가 났다. 그래서 선뜻 나이를 공개하기가 어려웠고 그런 내 마음을 눈치라도 챘는지 문아는 계속해서 물어보지는 않았다.

그렇게 하루하루를 버티다가 같이 점심을 먹던 어느 때에 문아는 내 나이를 알고 있다고 고백했다. 어쩌다가 학번을 본 것이다. 어떻게 보게 되었는지는 아직도 모르지만, 문아는 내 나이를 알고 있으니 더 이상 마음 쓰지 않아도 된다고 했다. 그런 마음이 너무 고마웠고 그날부터 나는 이 친구랑 잘 되었으면 좋겠다는 마음이 들었다. 물론 그 전부터도 관심은 있었지만 많은 나이 차이로 인해 스스로가 자제하도록 노력했다. 그런데 문아가 내 나이를 알고 있다고 말한 것이 나에게는 먼저 마음을 열어준 것 같아 용기를 내야겠다고 생각했다.

학교 수업이 모두 끝난 후에 나는 문아를 기다렸다가 같이 집에 가야겠다고 생각하고, 문아가 수업을 받는 강의실 앞에서 기다렸다. 문아는 수업이 끝나 나를 보더니, 깜짝 놀라 웃으면서 말했다.

"날 기다린 거야?"

"응, 오늘은 지하철까지 같이 가고 싶어서."라는 내 말에 문아는 좋다는 듯이 고개를 끄덕였다.

문아랑 대화하면서 걸을 때면 발걸음이 가벼웠고, 이렇게 걷는 시간이 영원했으면 좋겠다고 생각했다. 그렇게 도착한 지하철역 앞에서 나는 문아에게 말했다.

"문아야, 내가 공무원 시험에 떨어지고 누구랑 만나는 것도 두려웠고, 또 대화하는 것은 더욱더 겁이 났어. 그런 나에게 먼저 다가와 인사를 해주고 우산을 같이 쓰면서 가자던 너의 모습에 내가 느낀 두려움은 전부 사라졌고, 오히려 누군가 곁에 있다는 것이 이렇게 든든하고 행복한 일이라는 것을 느꼈던 것 같아. 서로가 서로의 우산이 되어서 앞으로 어떤 비가 내리더라도 서로가 막아주면서 행복할 수 있는 그런 연애를 나랑 같이해볼래?"라는 나의 말에 문아는 수줍게 웃으면서 대답했다.

"좋아."

이렇게 우리는 연애를 시작했고 항상 긍정적인 에너지를 뿜는 문아의 모습에 나는 점차 긍정적으로 변하기 시작했다. 공무원 시험이라는 큰 벽에 좌절하고 또 포기도 했었지만, 문아를 만나면서 다시 한번 노력하면 할 수 있지 않을까 라는 생각을 하게 되었다. 그런 내 마음을 문아도 알았는지 한 번 더 열심히 도전해보는 것이 어떻겠냐고 권했다.

연애를 시작한 지 얼마 되지 않았는데도 나는 이미 문아에게 많이 의지하게 되었다. 이번만큼은 전과 다르다는 생각에 다시 한번 도전하게 되었다.

시작은 끝을 불러온다

문아 덕분에 항상 부정적이던 내가 이렇게 바뀔 수 있었고 무엇이든 노력하면 될 수 있을 거라는 확신까지 들었다. 그렇게 다시 나의 도서관 인생은 다시 시작되었다. 매일 아침 7시까지 도서관에 들어가서 문아에게 인증샷을 보내고 10시까지 공부를 하고 순 공부시간 또한 문아에게 인증샷을 남겼다. 어떤 것이든 다 해낼 것 같은 느낌이 들었다.

문아랑은 비록 일주일에 한 번 볼까 말까 한 사이가 되어버렸지만, 그래도 연락을 최대한 자주 하는 방법으로 만남을 이어갔다. 그런 나의 행동에 문아는 충분히 이해할 수 있다고 응원한다고 말해줬고 나는 그 말을 그대로 믿고 열심히 공부하기 시작했다.

하지만 시간이 흘러 계속 공부만 하는 나에게 문아는 차츰 지쳐가기 시작했다. 문아는 아직 23살이었다. 한창 연애하고 싶고 데이트하고 싶은 나이일 수도 있었다. 그런 것들을 포기하면서 나를 응원해주던 문아였지만, 어느샌가 연락이 뜸해지기 시작했고 전화해도 받지 않게 되었다. 나는 4학년인 문아가 졸업 준비를 하느라 바쁘거나 아니면 취업 준비를 해서 공부를 하는 건 줄로만 알고 있었다. 그 정도로 문아에 대한 관심은 없었고 그저 당장에 공무원 시험만을 생각했다.

연락이 뜸해져도 별로 대수롭지 않게 생각한 나에게 오랜만에 문아에게서 연락이 왔다. 학교 동아리에서 여행을 가게 되어서 2박 3일 동안 제주도에 간다는 것이다. 나는 내가 대신 놀아줄 수 없는 상황이기에 당연히 찬성했고 즐겁게 다녀오라고 했다.

문아는 여행을 간 뒤로 연락이 전혀 되지 않았지만 그런 상황에서도 나는 그저 친구들이랑 재밌게 노느라 그럴 수 있다고 대수롭지 않게 넘겼다. 그런데 이틀째가 되도록 연락은 안 되었고 여행이 다 끝나고 집에 돌아오는 날마저도 연락은 오지 않았다. 여행을 다녀온 지 하루가 지난 후에야 놀고 있어서 연락을 못 했다는 문아의 말에 나는 갑자기 화가 났다. 연락이 되지 않아 걱정되어서 화가 났다기보다는 내가 점심을 먹거나 혹은 쉴 때 같이 대화해줄 사람이 없던 것에 대한 화가 난 것이다. 대체 왜 연락이 안 된 거냐고 따지듯이 묻자 문아는 오늘은 그만 연락하자는 말만 남기고 연락이 끊겼다.

그렇게 연락이 끊긴 후에 나는 이해할 수가 없었다. 남자친구가 공부하고 있으니 좀 더 안심시켜주고 공부에 집중할 수 있도록 해주는 것이 여자친구로서 당연한 거라고 생각했다. 그런데 연락조차 되지 않았고 또 화를 내는 내게 풀어주기보다는 연락을 그만하자는 문아의 말에 크게 상처를 입었고 그 핑계로 나는 집으로 돌아와 쉬기로 했다.

다음 날이 되어서야 문아는 연락을 했다. 다른 친구들은 다 남자친구 랑 놀러가고 연애를 하는데 자기는 놀러 다니지도 못하고 항상 메신저로만 연락해야 하고, 연락을 하더라도 늘 공무원 관련된 얘기만 하는 남자친구에게 조금 권태기를 느낀다는 것이었다. 게다가 자신이 연락되지 않아도 여자친구에 대한 걱정보다는 자신의 공부에 안 좋은 영향을 먼저 생각하는 모습에 실망했다고 했다. 그때 당시에는 이 말이 너무 충격적이었다. 문아 덕분에 다시 시작할 수 있었던 시험이었는데 문아에게서 공부만 하는 나 때문에 권태기를 느낀다는 말이 나를 혼란스럽게 만들었다. 그래도 나 때문에 힘들었을 문아를 생각하면서 앞으로 고쳐나가겠다고 대답했고 또 실천을 하기로 했다.

처음에는 주말에만이라도 문아를 만나기로 했지만, 감사직 시험의 벽이 얼마나 높은가를 나는 너무 잘 알고 있었기 때문에 그런 다짐도 점차 시들해지고 만나는 횟수가 시간이 지나면서 줄어들기 시작했다. 게다가 아르바이트를 포기하고 하는 공부인 만큼 열심히 하지 않을 수가 없었다. 나에게 기대하는 부모님의 시선이 결코 가볍지 않았기 때문이다. 결국 문아는 변함없는 나를 탓하기 시작했고 그 속에서 어떻게 해야 할지 정하지 못하는 나는 스스로 자책감을 느끼고 있었다.

그러던 중에 문아가 몸살이 나서 크게 아팠던 적이 있었는데 문아는 자기 자신 때문에 남자친구의 공부를 방해할까 봐 연락을 하지 않았다. 그 사실을 문아의 친구를 통해 알게 되었고, 그때가 되어서야 나로 인해 문아가 견뎌야 할 무게가 얼마나 무거운지를 알게 되었다. 항상 긍정적이던 아이가 한숨이 늘었고 전화만 하면 자신의 힘든 점을 말하기보다는 남자친구의 한탄과 걱정만을 들어줬고 누구보다도 재밌게 놀아야 할 나이에 놀지 못하면서 하루하루를 친구들의 놀러 간 소식만을 듣다 보니 긍정적이던 문아도 서서히 지쳐갔던 것 같다.

그런 문아를 위해 내가 해줄 수 있는 일이 아무것도 없다는 것이 말로 표현하지 못할 만큼에 힘듦을 가져왔다.

우리는 서로에 대해 서서히 지쳐갔고 누가 먼저라고 할 것도 없이 대화하자며 카페를 가자고 했다. 문아는 그동안 자신이 얼마나 힘들었고 또 견뎌왔는지를 눈물과 함께 쏟아 냈다. 나는 아무 말도 하지 못한 채 듣고 있었다. 문아는 자신의 얘기를 다 끝낸 후에 나지막하게 얘기했다.

"우리는 여기까지인 것 같아."

문아의 말에 나는 보내줄 수밖에 없다는 생각을 했고 또 보내주는 것이 문아를 위해서도 좋은 일이라고 생각했다.

그렇게 길었던 따뜻한 여름이 끝이 났고 다시 비가 내리기 시작하면서 추운 겨울이 다가오고 있었다. 하지만 이제는 내 비를 막아 줄 우산은 어디에도 없었다.

기나긴 슬럼프

그렇게 찾아온 이별은 예상했던 일이었음에도 충격은 날이 갈수록 커져만 갔다. 매일 아침부터 저녁까지 문아에게 인증샷을 보냈고, 또 점심이나 저녁을 먹고 나서는 문아와의 통화가 항상 즐겁고 행복했다. 너무나도 많은 의지를 했던 사람이 한순간에 사라지고 나니 공부가 되지를 않았다. 자리에 앉아서 가만히 멍 때리며 보내는 시간이 늘어만 가고 있었다. 또 공부가 조금이라도 안 된다고 느끼면 일찍 집에 가서 쉬기를 반복했다. 그런 모습을 안타깝게 생각하신 어머니는 이번에 친척들이랑 같이 바다에 갈 거니까 같이 가서 기분 전환이라도 하자고 얘기를 하셨다. 바다에 가서 넓은 곳을 바라보면 기분이 좀 좋아질 거라고 생각해서 나는 가겠다고 했다.

여행 당일이 되어 친척들과 오랜만에 만나 인사를 한 후 펜션에 도착했다. 바다를 보면서 회도 먹고 바람도 맞으며 시원하게 걷고 나니 기분이 한층 더 상쾌해졌다. 펜션에 돌아와 친척들과 얘기를 하면서 쉬다가나는 방에 들어가서 공무원 앱을 들어가 한자를 외우고 있었는데 우연히 밖에 소리가 들렸다.

"그럼 이제 뭐해요?"

친척분이 말씀하셨다.

"뭐 지금은 공무원 준비하고 있으니 공부만 하고 있죠."

어머니가 대답했다.

"아이고, 요새 꿈 없는 애들이 공무원 준비한다던데 맞는 말인가 보네. 돈도 적게 버는 직업을 왜들 하려고 하는지 모르겠어! 우리 때는 고등학교 졸업한 사람들이 가는 게 공무원이었는데 말이야."

"……."

우리 부모님은 아무 말씀도 하지 않으셨다.

"그래도 요새 공무원 시험 어렵다는데 이렇게 바다에 놀러 와도 되는 건지 모르겠네요?"

다른 친척분의 말씀을 끝으로 나는 이어폰을 귀에 꽂고 듣지 않기 위해 애를 썼다.

나도 부모님도 대꾸할 수 없었다. 맞는 말씀이셨기 때문이다. 다른 공무원 수험생들은 다르겠지만 적어도 나는 꿈이 없었고 친구의 말에 의해 준비한 시험이었기 때문이다. 게다가 시험을 얼마 안 남은 시점에서 여자친구와 헤어졌다는 합리화로 집에서 쉬기만 했고, 또 바다에 와서 한가롭게 놀고 있으니 뭐라 반박할 말이 없었다. 그렇지만 가장 속상했던 것은 그런 말을 직접적으로 들으면서 아무 반박도 하지 못하고 앉아계시는 우리 부모님에게 너무 죄송했다. 29살이 되도록 아무것도 이룬 것이 없다는 것만으로도 이미 불효를 하고 있다는 생각에 나 자신이 한심했고 부모님을 생각해서라도 공부를 열심히 해야겠다는 생각을 했다.

기분전환을 하기 위한 여행이었지만, 어떻게 보면 슬럼프를 강제로 극복할 수 있게 됐던 여행이 되었다. 처음에 의도했던 것과는 많이 다른 여행이었지만 결과적으로는 공부가 너무 하고 싶어졌고 또 얼른 합격해서 친척들에게 자랑하고 싶었다. 그리고 보여주고 싶었다.

여행이 끝난 후 집으로 돌아온 나는 앞으로 남은 기간에 최대한 열심히 공부해야겠다고 생각했고 다시 도서관으로 발걸음을 돌렸다.

잠깐 공부를 쉬다가 하는 것인 만큼 처음부터 다시 공부한다는 느낌으로 책을 폈다. 다른 생각이 나지 않도록 최대한 공부에 집중하고자 노력했다. 힘들 때나 지칠 때면 부모님을 생각해서 더욱 힘냈고 합격한 후에 달라질 세상을 생각하면서 공부했다. 이런 생각이 나를 더욱더 강하게 만들었고 결국 시험 날까지 공부할 수 있게 만든 원동력이 되었다.

시간은 흘렀고 다행히 시험 전날까지 나는 무사히 공부할 수 있었다. 모든 수험생마다 시험 전날 보내는 방식이 다 다르겠지만, 나 같은 경우는 오후 6시까지만 도서관에서 공부하고 일찍 집에 와서 영화를 보거나 쉬었다. 특히 이번 시험은 두 번째로 보는 시험이라 그런지 너무 떨렸고 긴장되어서 집에서 영화를 보면서 마음을 조금 진정시켰다. 첫 번째 시험과는 다르게 사건 사고가 많았던 두 번째 시험이라 어떻게 한 해가 지나갔는지도 모르게 시험 날짜가 빠르게 다가왔다. 내일이면 드디어 이 지긋지긋한 공부가 끝날 거라는 확신과 함께 일찍 잠자리에 들었다.

드디어 기다리던 7급 시험 날

무더운 여름 8월에 7급 시험이 있다. 모든 수험생은 이날 만을 위해 열심히 준비했고 또 준비한 모든 것들을 보여주는 날이다. 작년과는 다른 느낌으로 시험장에 입실했고, 좀 더 차분한 마음으로 시험을 기다렸다. 느낌이 좋았고 이제는 잘 볼 수 있을 거라는 생각만 있었기에 자신감이 넘쳤다. 시험지를 받고 국어를 푸는데 생각보다 잘 풀렸고, 한 과목 한 과목 어렵지 않게 풀었다.

첫 번째 시험에서는 시간에 쫓기면서 풀었다면 이번 시험은 생각할 여유도 가지면서 풀 수 있을 만큼 작년과는 느낌이 달랐다. 하지만 회계가 약간 까다롭게 나와서 찍은 것들이 몇 개가 있다는 것이 조금 마음에 걸렸지만, 최대한 아는 것을 위주로 풀자는 마음으로 문제를 풀어나갔다.

　시험이 끝날 때쯤 모든 OMR 작성을 마치고 종이 울리길 기다렸다. 감독관님께서 시험지를 모두 걷어가셨고, 나는 편안한 마음으로 나왔다. 이번엔 뭔가 잘 본 것 같다는 느낌과 함께 합격할 수 있을 거란 생각마저 들었다. 모든 수험생에게 내 느낌이 너무 좋다는 것을 자랑하고 싶을 정도로 기쁨에 차 있었고 나는 서둘러 집에 돌아갔다. 집에 가면서도 어머니에게 시험 본 느낌이 너무 좋다고 했고 공시생 친구에게도 이번에 잘 될 것 같다는 얘기를 했다. 친구 또한 느낌이 좋다 했고 서로 합격하면 여행이나 가자는 얘기를 하면서 즐겁게 대화를 나누다 보니 어느새 집에 도착했다.

　바로 인터넷을 켜서 채점할 준비를 마친 채 답이 올라오기만을 기다렸다. 감사직 평균 합격 컷은 83점 정도이기에 85점 정도만 맞으면 안전하리라 생각했다. 그리고 채점을 시작했는데, 국어와 한국사가 높은 점수가 나와서 기쁨의 손이 떨리기 시작했고 이 상태로 가면 충분히 합격할 수 있다고 생각했다. 행정법과 헌법의 점수도 나쁘지 않았다. 내가 기대한 점수보다는 낮았지만 아직도 충분히 합격할 수 있는 점수였다. 이제 남은 과목은 단 두 과목, 경영학과 회계학만 평범한 수준으로 나온다면 분명 합격할 수 있을 것이다.

　하나하나 침착하게 채점을 해갔는데, 회계와 경영이 다른 책형으로 채점하는 것 같은 느낌이 들 정도로 답이 맞은 게 없었다. 회계는 어려웠기에 생각보다 점수가 낮을 거라고 예상은 했지만, 계속 틀리는 답을 보면서 안 좋은 예감이 들었고, 경영도 생각보다 낮은 점수에 좌절했다. 채점을 다 한 회계점수는 태어나서 처음 맞아본 점수였고, 그 점수로 인해 다른 과목이 100점이어도 합격할 수가 없는 점수였다. 공무원 시험은 최소 40점 이상이어야 한다. 40점 밑으로 나올 경우 과락이라고 해서 다른 과목이 100점이 나와도 떨어지게 되는데 내 회계점수가 35점이 나온 것이다.

또 한 번 좌절이 온 것이다. 회계와 경영이 조금만 더 높았더라면 붙었을 수도 있었을 텐데 하는 아쉬움과 스스로에 대한 자책감, 그리고 이걸 또 해야 한다는 부담감, 마지막으로 내년이면 30살이라는 압박감이 나를 더욱 누르고 있었다.

시험은 또 한 번 실패로 막을 내렸다. 감사직이라는 직렬의 문제가 아니라 공무원 시험 자체가 정말 어렵다는 것을 뼈저리게 느꼈다. 아무리 열심히 공부해도 한 과목만 실수하면 떨어지는 것이 바로 시험이다. 그 시험에 많은 인원이 몰렸고, 결국 이런 결과를 낳았다.

이제는 더 이상 다른 길을 선택할 여지가 없었다. 내년이면 30살이고 지금까지 해온 공부라고는 공무원 시험밖에 없었기에 다른 어떤 시험을 다시 준비하거나 아니면 다른 직장을 들어가는 것이 만족스럽지 못할 것 같았다. 처음에는 3년씩이나 혹은 5년씩이나 한 시험에 매달리면서 준비하는 것은 안 좋은 거라고 생각했다.

하지만 내가 직접 그렇게 준비하게 되니 이 시험을 포기하고 다른 것을 준비한다는 것 자체가 나에겐 더 시간 낭비라는 느낌이 들었고 또 그

동안 해온 것이 너무 아까워서 쉽게 포기할 수가 없게 만들었다.

　여기까지 오는 데 들었던 비용이 너무나도 많이 들었고 집에는 비싼 책들로 가득했다. 여기서 또 다른 공부를 시작하면 다시 인터넷 강의를 사야 하고 책을 사야 하는 부담이 있었기에 나는 다시 공무원 시험을 할 수밖에 없는 처지에 놓인 것이다.

　그러나 감사직이라는 직렬을 또 준비하기에는 회계라는 과목이 나에겐 너무 어려웠다. 아무리 공부를 하고 또 공부해도 결국 회계학은 내가 생각한 것 이상으로 어렵게 나왔고 시간을 들여서 풀어도 결국 다른 과목을 풀 시간이 부족하게 되어 시간 배분이 너무나도 힘들었다. 그렇기에 직렬을 바꾸는 것이 좋지 않을까라는 생각을 하기 시작했고 일단은 뭐가 되었든 빨리 붙고 싶다는 마음이 커졌다.

서른 살이라는 무게

대학교도 졸업하지 못한 채, 또 어디 하나 직장을 가지지 못한 채 나는 서른 살을 맞이했다. 태어나서 처음 맞는 서른 살의 느낌은 이십 대의 느낌과 사뭇 달랐다. 나이를 말할 때 죄를 지은 것도 아닌데, 말하기가 싫어졌고, 새로운 사람을 만나기가 두려워지는 그런 나이였다.

새해가 지나고 설날이 찾아와 큰집에 갔을 때 주변 친척들이 나에게 나이를 물어봤다. 물론 오랜만에 만난 자리고 나에 대해 궁금해서 순수한 의미로 물어보셨겠지만, 나에게는 굉장히 부담되는 질문이었다. 서른 살이라고 대답하자 이렇게 질문들이 쏟아졌다.

학교 졸업은 했니?

직장은 어떻게 할 거니?

연속되는 질문에 나는 그 자리에 앉아있는 것이 너무나 고통스러웠고 힘들었다. 어서 빨리 세배를 드리고 집에 가고 싶다는 생각만으로 가득 찼다. 오랜 기다림 끝에 드디어 세배를 할 시간이 되었고 나는 세배를 한 후에 가만히 서 있었다. 물론 나를 제외한 다른 동생들은 할머니에게 혹은 다른 어른들에게 용돈을 드리기 위해 바삐 움직였다. 그런 나를 보시던 큰아버지는 모두가 들을 수 있는 목소리로 말씀하셨다.

"취직하지 않은 사람까지는 세뱃돈을 받는 게 좋겠다. 돈이라도 있어야 취직하는데 도움이 되니까."

물론 어색함을 풀어주시려고 하신 농담이겠지만 나에겐 비수로 다가 왔다. 그 말이 결국 나를 무너뜨렸다. 나보다 어린 사촌 동생들은 취직해 서 오히려 세뱃돈을 드리는데 나는 나이도 많은 형 혹은 오빠였음에도 어른들을 향해 걸어갔고 떨리는 손으로 세뱃돈을 받고 있었다.

단지 취업하지 못한 것뿐인데 나는 너무나도 큰 죄인이 되어 있었다. 남들의 한마디가 모두 내 욕을 하는 것처럼 느껴졌고, 나를 바라보는 동 생들의 시선은 심지어 비웃는 것처럼 느껴졌다.

결국 오래 있지 못하고 집으로 발걸음을 돌렸고, 집에 가는 동안에도 마음이 편하지 않았다. 단순히 직업이 없다는 것은 돈을 못 번다는 뜻이 아니다. 사람이 사람으로서 대접받을 수 없다는 것이다. 많은 사람들은 그 사람의 직업이 곧 인성이라고 평가한다.

사람은 성격이 중요하다는 옛말과는 달리 사회적인 위치가 모든 것을 설명하는 것이 현실이다. 선생님이라는 위치면 그 사람은 성실하고 책임감 있다. 사회복지사라고 하면 봉사 정신이 투철하고 심성이 착하다는 꼬리표가 따라붙는다.

결국 사람으로서 성격을 평가하는 것이 아닌, 그 사람의 직업이 곧 그 사람이 된다. 지금 백수인 나는 게으르고 무책임한 사람에 불과하다.

세상에 대한 불만은 날이 갈수록 커졌고 나 자신을 바꾸기보다는 세상이 바뀌길 바랐다. 다른 무언가를 탓하지 않으면 견딜 수가 없었고 올바른 시각으로 현실을 바라볼 수가 없었다.

가난하게 태어나게 한 부모님을 원망했고 사회를 좀 더 편하게 만들어주지 못한 기성세대에게 불만을 가졌다. 이러한 안 좋은 생각이 거듭될 무렵 같이 공부를 했던 친구의 합격 소식이 들려왔다. 친구는 합격 소식을 나에게 제일 먼저 알렸다고 웃으며 말했지만 나는 진심으로 축하해줄 수가 없었다. 그 친구가 얼마나 고생했고 힘들게 준비했는지 누구보다도 알면서 나는 그러지 못했다. 누군가를 축하해줄 여유가 없다는 합리화로 친구에게 의미 없는 축하의 말을 건넨 채 전화를 끊었다.

심지어 그 친구는 나에게 감사직을 알려줬던 친구였다. 그렇기에 그 누구보다도 내가 축하해줘야 했고 또 그 친구의 노력을 인정해줘야 했음에도 그때 당시 나는 그렇게 하지 못했다.

이미 너는 나와 다른 사람이라는 생각으로 그 친구와의 연락을 피하게 되었다. 혼자만의 시간을 가지고 싶다고 생각했다. 어디 혼자 여행이라도 가볼까 하는 생각은 겁쟁이인 나에게 너무 큰 도전이었고 경제적인 문제 또한 뒤따랐다.

그렇게 하루하루 시간만 헛되이 쓰는 나 자신이 너무 한심해 도서관이라도 가서 읽고 싶은 책이라도 읽자는 마음에 아침 일찍 집을 나왔다. 여전히 많은 사람들이 도서관에서 저마다 공부를 하고 있었다.

그중에서 항상 세무사 공부를 하던 아저씨 한 분이 보였고 옛날부터 뵈었던 분이기에 다가가 인사를 했다. 그는 내게 다가와 붙었냐는 말씀을 하셨고, 안됐다는 나의 말에 자기가 할 얘기가 있다며 카페로 가자고 하셨다. 생각지 못한 말에 당황했지만 어차피 딱히 할 것도 없던 나에게 잠깐의 대화는 오히려 고마웠다.

아저씨께서는 자신이 세무사를 준비하게 된 얘기를 해주셨다. 현재 중소기업에 다니고 있으나 언제 해고당할지 모르는 불안감이 날로 커졌고 아이들이 한 살 한 살 먹을 때마다 들어가는 경제적 비용이 만만치 않아서 이를 해결하기 위해 세무사 자격증을 공부한다고 하셨다. 세무사 공부를 시작한 지 3년이 지났고 현재 4수생이라고 하셨다. 나는 너무 놀란 나머지 바로 질문을 했다.

"4년 동안 한 시험에 매달리는 것이 힘들지 않으세요?"

"너무 힘들지. 하지만 진짜 힘든 것은 나를 기대해주는 가족들에게 보답할 수 없다는 거야."

"맞아요. 저도 그런 부담감이 너무 커서 또다시 공부를 시작하지 못할 것 같아요."라는 나의 대답에 아저씨는 잠시 생각하시다가 말씀하셨다.

"하지만 여기서 포기하면 기대감조차 줄 수 없다는 걸 알고 있니? 기대감이 너에겐 부담감이 될 수 있을지 몰라도 가족에겐 살아갈 수 있는 희망이 될 수 있어. 부모님께서 아들이 공무원이 될 거라는 기대감으로 하루하루를 버틸 수 있도록 만들 수 있단 얘기야."

나는 평소에 내가 전혀 생각하지 못했던 얘기를 들어서였는지는 몰라도 눈물이 핑 돌았다. 자신의 힘듦만을 알아달라고 외치고 있을 때 내 부모님은 묵묵히 나를 지원하고 있었다는 것을 나는 눈치채지 못했다. 낮에는 농장에 가서 상추를 어떻게든 살리려고 애쓰신 아버지는 퇴근하자마자 상하차를 하셨고 어머니는 부업을 통해 어떻게든 돈을 벌겠다고 하루종일 손을 움직이셨다.

공부하는 게 벼슬인 것처럼 아무것도 하지 않았던 나는 주변이 어떻게 변해가는지는 전혀 신경 쓰지 않고 있었다. 내가 서른 살이 된 것만 중요하고, 어느새 60살이 되신 아버지를 몰랐으며 항상 건강하기만 했던 어머니는 어느새 식욕을 잃어 식사하지 않고 거르시는 것들이 보이기 시작했다.

서른 살이 된다는 것은 사실 아무것도 아니었다. 29살인 나에게 30살은 바뀐 것이 전혀 없었다. 하지만 59살의 아버지와 60살의 아버지는 너무나도 다른 모습이셨다. 하루하루 야위어가는 얼굴과 점점 잃어가는 시력을 나는 알지 못했다. 통통함이 매력이었던 어머니는 어느샌가 말라가셨고 누워계시는 시간이 전보다 더 길어지셨다.

내가 얼마나 이기적이었는가를 아저씨와 대화해보기 전에는 알지 못했다. 나는 어른이 된 것처럼 행동했던 지난 과거들이 부끄러워졌다. 헤어진 여자친구에게 혹은 등 돌린 친구들에게 그리고 항상 응원해주시는 가족들에게도 얼마나 바보 같았는지 조금은 깨닫게 되었다.

아저씨와의 대화를 마치고 좀 더 긍정적으로 세상을 바라보고 나 자신만을 보기보단 더 넓은 시야를 가지고 바라봐야겠다고 생각했다. 그렇게 내 서른 살은 시작되었다.

하고 싶은 것과 할 수 있는 것

아저씨와 얘기한 후 집에 돌아온 나는 조금은 달라졌는지 설거지를 시작하고 집안일을 하게 되었다. 그동안 등한시했던 집안일을 하면서 매일같이 하신 부모님의 감사함을 느꼈다. 저녁에는 매일같이 나가시는 아버지의 상하차 일은 과연 어떤 것인가를 경험하기 위해 집을 나섰다. 아버지와 함께 차를 타고 나가본 게 얼마만 인지를 새삼 느끼고 있을 때쯤 일하는 장소에 도착했다.

상하차가 힘들다고는 많이 들어봐서 어느 정도 마음의 준비를 했다. 가자마자 이름을 부르고 복장을 갖춘 다음 바로 일이 시작되었다. 일은 굉장히 단순하다. 박스나 물건이 오면 그걸 트럭이나 일정 장소로 옮기면 되는 것이다. 힘만 있다면 누구든 할 수 있는 일이었다. 생각보다 어렵지 않은 일에 온 힘을 다해 일하기 시작했다. 시간이 꽤 지났을까 허리가 아파져 오고 팔의 힘이 서서히 떨어질 무렵 시간을 봤는데 고작 15분 지났다. 4시간 일을 해야 하는데 열심히 일한 대가가 고작 15분이라니. 이미 힘을 거의 다 쓴 나에게 남은 3시간 45분은 지옥과도 같았다. 힘들다는 것을 예상했지만 이 정도일 줄은 몰랐고 흐르는 땀에 앞도 잘 보지 못할 지경이었다.

이런 일을 매일같이 한 아버지가 그동안 얼마나 힘드셨을지에 대한 생각에 눈물이 한번 났고, 쉬는 시간 없이 계속되는 일에 눈물이 두 번 났다. 누군가 공부를 하는 것이 가장 쉬운 일이라 했는데 그 말이 정말 맞는 것 같았다. 물건을 옮기면 옮길수록 계속 추가되는 물량에 집에 가고 싶다는 충동이 계속해서 일어났다. 아마 아버지가 안 계셨으면 도망 갔을 거라고 100% 확신한다.

근데 일을 하면서 느낀 점은 수많은 사람이 묵묵히 땀을 흘리면서 물건을 운반하는 것을 보면서 나는 정말 편하게 살려고만 했다는 것을 다시 한번 느꼈다. 처음 본 사람이지만 계급이 높다는 이유로 상스러운 말을 하면서 나에게 일을 시키던 어느 직원, 물건을 한 번에 들지 못해 힘들어하시던 어느 할아버지에게 있는 욕 없는 욕을 다하던 다른 직원, 이런 힘든 환경 속에서도 자신을 위해 혹은 가족을 위해 열심히 일하시는 모습이 존경스러웠지만 한편으로는 가슴 아팠다.

힘든 상하차 일이 끝난 후에 아버지와 집에 가면서 어떠한 말도 할 수 없었다. 매일 힘들어하시던 아버지에게 가난을 불평했던 나는 아무 말도 할 수 없었다. 가장이라는 무게가 아버지라는 이름이 얼마나 무거운 것인지 나는 알게 되었다. 집에 가는 길은 생각보다 길었고 그 긴 시간 동안 어떻게 하면 아버지의 무게를 좀 덜 수 있겠냐는 생각을 했다.

한동안 앞으로 어떻게 해야 할지에 대한 고민을 했다. 학교도 졸업하지 않은 서른 살 백수가 할 수 있는 일은 지금까지 해 온 공무원 공부밖에 없었다. 하지만 감사직을 또 도전하기에는 나 스스로가 너무 약해졌었고 겁이 났다. 그러한 고민을 어머니에게 털어놓았을 때 어머니는 간단명료하게 대답하셨다.

"감사직이 꼭 되고 싶은 이유가 있니?"라는 간단한 질문이었지만, 쉽게 대답하긴 힘들었다.

내가 처음 감사직을 선택한 이유는 다른 공무원보다 돈을 더 벌고 앉아서 일하기보다는 좀 더 활동적이기 때문이었다. 하지만 이러한 이유가 꼭 되고 싶은 이유가 될 수 있을까는 다른 문제였다. 재수해가면서까지 그리고 모든 것을 포기할 만큼 나는 감사직 공무원이 되고 싶지 않았다. 그저 처음에 목표했던 것이 감사직이었기에 어느 순간 내 꿈이 되었다. 감사직에 대해 어떠한 정보도 갖고 있지 않았고 그저 들어가기만 한다면 주변에서 나를 다르게 봐주겠지라는 터무니없는 이유로 시작한 공부가 지금까지 오게 된 것이다.

대답하지 못하는 나에게 어머니는 한 번 더 말씀해주셨다.

"9급 공무원은 어때? 공무원이 활동적이지 않다는 것은 너만의 편견일 수도 있고 설령 활동적이지 않다고 해도 일이 끝나고 난 후에 활동적인 일을 하면 되지 않니?"

맞는 말이었다. 나는 공무원에 대해 잘 알지 못했다. 그리고 알려고 하지 않았다. 그저 안정적인 직업, 복지가 좋은 직업 외에는 아무것도 알지 못했고 주변에서 들리는 이야기만으로 공무원을 평가했다. 직접 경험해보기 전에는 공무원이 어떤 일을 하는지 알 수가 없다. 공무원이 아닌 사람들은 주로 말한다. 꿈이 없는 사람들이 도전하는 시험, 보수적이고 내성적인 사람들만이 원하는 직업, 그것을 공무원이라고 한다. 하지만 내가 직접 일해보고 경험하지 않은 이상 그런 말들은 맞지 않을 수도 있다. 어떤 이는 아버지를 따라 공무원이 되는 것이 꿈일 수도 있고 어떤 이는 외향적인 성격을 이용해 많은 사람에게 도움을 주는 공무원이 되고 싶은 사람도 있다.

나는 어머니에게 말씀드렸다.

"9급 공무원에 대해 생각해보고 만약 가능하다면 한 번만 더 도전해보고 싶어요."

이 말을 들은 어머니는 흔쾌히 승낙해주셨고, 나는 다시 한번 공무원 시험의 길을 걷게 되었다.

처음에 어머니가 말씀하신 할 수 있는 것과 하고 싶은 일. 그것은 자기 아들을 깎는 것이 아닌 현실적인 조언이었다. 자기가 하고 싶다는 일이 진심으로 하고 싶은 일인가 하는 질문은 누구에게나 어렵다. 하지만 자기가 할 수 있는가에 대한 질문은 의외로 쉽게 대답할 수 있다. 자기 자신은 알고 있기 때문이다. 할 수 있다. 나는 할 수 있는 일을 찾았다.

달라진 것들

서른 살이 되자마자 많은 일이 있었지만, 그중에서 가장 큰 변화는 목표가 7급 감사직 공무원에서 9급 공무원으로 바뀐 것이다. 처음에는 7급에서 9급으로 낮춰졌다는 마음에 아쉽기도 하고 좀 더 노력해서 7급을 가는 것이 훨씬 좋은 건 아닐까 라는 생각이 들기도 했지만, 9급을 공부하다 보니 9급으로의 시작이 그렇게 나쁘지 않았다. 시작보다는 끝이 중요하다는 생각도 들었고 내 인생이 꼭 공무원으로만 끝날 거라는 생각도 들지 않았다. 공무원 특성상 투잡은 안 되지만 투자는 할 수 있음으로 공무원을 합격하고 난다면 투자에 관한 공부도 하리라 마음먹었다.

하지만 생각처럼 공부가 잘되지는 않았다. 계속해서 공부를 한 것은 아니지만 또다시 공부해야 한다는 생각에 한숨이 절로 나왔다. 공부하는 것은 어렵지 않지만 공부한다고 해서 붙는다는 보장이 없으니 계속해서 힘은 빠져 갔다. 작년 시험도 열심히 했음에도 과락이 나왔는데 이번엔 대체 어떻게 공부를 해야 할까 라고 스스로 의문을 던지면서 또다시 책상 앞에 앉기 시작했다.

이제 웬만한 공무원 책은 전부 가지고 있었기에 따로 책을 사기보다는 있던 책들로 준비를 했다. 그래도 불안할 때면 새로운 책 중에 좋은 책이 있는지 확인을 하면서 추가하는 식으로 공부를 하기 시작했다.

하루하루 버티자는 마음으로 공부했다. 이제는 연락할 친구도 혹은 사람조차도 없었기에 온종일 공부만 하는 것 외에는 나만의 일정이 없었다.

그렇게 시간은 흘러 9급 공무원 시험이 대략 6개월 후로 다가왔다. 지금은 30살 마지막 10월이었다.

공무원 시험 특성상 7급 과목이랑 9급 과목은 크게 다르지 않다. 다만 감사직은 조금 특별한 과목을 준비하기 때문에 9급과 다른 과목이 하나 존재했다. 그 과목은 바로 행정학이라는 과목인데 행정학은 한 번도 본 과목이 아니기에 처음부터 다시 공부해야 한다. 비록 나의 전공이 행정학이었음에도 공무원 행정학은 뭔가 낯설었다. 사실 다른 과목을 선택할 수 있었음에도 대학교 전공이 행정학이라는 이유로 행정학을 선택했는데 내가 생각한 것과는 너무나도 다른 느낌이었다.

이런 행정학을 공부하기 위해 나는 다시 한번 조사를 하기 시작했다.

인터넷 강의는 어느 강사가 좋은지, 또 어떻게 공부를 해야 하는지를 조사했으며, 교재도 어떤 것들이 있는지 조사했다.

7급 과목보다 9급 과목은 두 과목이나 줄었지만, 영어와 행정학을 추가로 더 공부해야 하니 결국 똑같다고 볼 수 있다. 그나마 다행인 것은 영어를 좋아했기에 많이 준비하지 않아도 어느 정도 점수가 나온다는 점이다. 정말 중요한 것은 바로 행정학 점수였다. 행정학은 범위도 넓었고 경영이랑 비슷하게 뜬구름을 잡는 느낌이 강해서 아무리 공부를 해도 모르는 문제 투성이었다. 그래서 비중을 둘 때 기본 과목은 매일 두 시간씩만 공부했고, 나머지는 행정학을 위주로 계속 공부를 했다.

행정학을 공부할 때, 팁으로는 기본서를 보고 바로 기출문제를 푸는 방식으로 공부했다. 시간이 얼마 남지 않았기 때문에 기본서랑 기출을 따로 공부하기에는 시간이 너무 부족했다. 또 하나를 건너뛸 수도 없었기 때문에 아침에는 인터넷 강의로 기본서를 공부했고 오후에는 혼자서 기출 문제를 푸는 방식으로 나눠서 공부했다. 처음에는 문제를 많이 틀리기도 했지만 시간이 지나면서 이런 방식에 익숙해졌고 어떻게 문제를 낼지 감을 잡아가면서 공부의 효율을 높일 수 있었다.

그리고 사람들과 오픈 채팅으로 행정학에 관련된 문제를 내거나 혹은 풀면서 행정학에 대해 익숙해지기 위한 노력을 끊임없이 했다.

시간이 흘러 눈이 내리고 눈이 녹아 봄이 오면서 국가직 9급 시험이 다가왔다. 9급이란 시험을 목표로 준비한 건 올해가 처음이라 많이 떨렸고, 100분에 100문제를 보는 시험이라 어떻게 대비를 해야 할지 몰라 더욱 긴장되었다.

9급도 직렬이 여러 개로 나뉘어서 어떤 직렬을 쓸까 고민을 많이 했는데 일반행정직은 가장 보편화 되어 있는 직렬로 무난하게 지원하기에는 정말 좋았지만 그만큼 경쟁률이 높을 것 같아서 걱정됐다. 그러다가 뜻밖의 직렬이 유난히 눈에 띄었다. 바로 경찰행정직이라는 직렬인데 이 직렬이 올해부터 개설되어 인원을 뽑기 시작했다. 인원도 적은 인원이 아닌 300명 정도로 많은 인원을 뽑기 때문에 가능성도 높아 보여서 지원하게 되었다.

잘 알지 못하는 직렬이고 올해 처음 생긴 직렬이라 두려움도 컸지만 경찰청에서 근무한다는 이점이 있었다. 또 일반 행정보다 합격 컷이나 경쟁률이 낮을 거라고 예상이 되어 지원하게 되었다.

물론 들어가서 후회할 수도 있겠지만 지금 당장은 할 수 있는 것에 최선을 다하는 수밖에 없었다. 매일 열 몇 명만 뽑던 시험에서 300명 이상을 뽑는 시험을 보게 되니 한편으로는 마음의 여유가 생겼다. 긴장을 풀거나 많이 뽑으니까 좀 더 여유있게 공부해야 한다는 마음보다는 그동안 너무 적게 뽑는 인원에 신경 쓰면서 공부하다가 많은 인원을 보니 조금의 여유가 생긴 것 같다. 이런 여유가 싫지는 않았고 공부함에 있어 적당한 안도감을 주었다.

확실히 그전에 좁은 시야로 공부를 했었던 때와는 달리 이제 좀 더 주변을 챙기면서 공부하게 되어 마음이 훨씬 편안해져 갔다. 또 공부를 온종일 하기보다는 시간을 정해서 그 시간 동안은 영화를 본다든가 만화를 보면서 휴식을 취했다. 어머니랑도 가끔 산책하면서 어리광을 부리기도 했다. 그러다 보니 공부에 대한 집중력이 더 높아졌고 시험에 대한 스트레스도 풀 수 있어서 예민함이 전 시험 때보다 줄어들게 되었다.

아버지가 하시는 농장도 서서히 안정을 되찾으면서 아버지는 더 이상 상하차 일을 안 하셔도 되었다. 어머니도 부업을 중단하시고 같이 농장에 나가 일을 하셨다. 이제는 공부를 방해하는 요소가 전부 사라졌다고 생각했고 남은 시간 동안 최선을 다해서 공부를 할 수 있었다. 그리고 공부를 하는 장소도 스트레스를 많이 받는 도서관보다는 집에서 공부함으로써 좀 더 효율을 높이고자 했다.

도서관은 무료고 다 좋았지만 어떤 사람이 내 주변에 앉느냐에 따라 그날 하루 공부가 좌우되기 때문에 그런 모험을 매일매일 하는 것이 나에겐 큰 고통이었다. 그래서 독서실로 옮길까 생각도 해봤지만 독서실에 낼 돈이 너무 부담되어서 포기했다. 그렇게 선택한 곳이 결국 집이었다. 남은 6개월이라는 기간은 집에서 공부하면서 시험 준비를 했다.

작년은 이번이 마지막이라는 생각으로 공부했지만 이번 9급 시험은 뭔가 마음가짐이 달랐다.

7급 감사직 시험 같은 경우에는 1년에 한 번밖에 없는 시험이었다. 그래서 오로지 기본서로만 공부하다가 가서 시험을 보는 형식이다. 자기 스스로 모의고사 형식의 문제를 만들거나 하지 않는 이상 따로 감사직을 위한 모의시험이 없기에 부담이 매우 컸다.

하지만 이번 9급 시험은 1년에 여러 가지의 시험이 준비되어 있다. 먼저 국가직 9급 시험이다. 국가직 9급 시험 같은 경우가 우리가 잘 알고 있는 9급 공무원이다. 전국으로 배치가 되며 일반행정직과 세무직 등 나라를 위한 일을 중점으로 하는 공무원이다. 그리고 이와 다르게 지방직 9급이라는 시험이 있다. 이 시험은 우리가 동사무소에서 흔히 만나는 공무원이다. 지방마다 배치된 동사무소에서 일하시는 분들이 바로 이 지방직 공무원 시험을 통과하고 들어가신 분들이다. 그리고 마지막으로 서울시 9급 시험이 있다. 원래는 서울시랑 지방직이랑 날짜가 달라서 둘 다 보러갈 수 있는 시험이었는데 요새는 지방직과 서울시가 같은 날에 보기 때문에 이제는 둘 다 보러 갈 수는 없고 둘 중의 한 곳을 선택해야만 한다.

이처럼 시험이 1년에 많으면 3개까지 볼 수 있다 보니, 아무래도 감사직 시험 때보다는 부담감이 덜했다. 게다가 국가직 9급과 지방직 9급 둘 다 들어가고 싶었기에 이번 국가직에서 시험을 잘 못 보더라도 지방직을 잘 보면 된다는 마음가짐으로 시험을 준비했다.

이런 마음들이 여유를 가져다줬기 때문에 작년처럼 이번 시험은 무조건 붙어야 한다는 마음보단 여러 개의 시험 중 하나만 제발 붙자는 마음으로 바뀌었다. 또 이런 마음가짐이 공부함에 있어 더 편안함을 가져다 줬다고 생각한다.

31살,
마지막 9급 시험을 앞두고

2019년 01월 30살에서 31살로 넘어가는 기분은 별로 나쁘지 않았다. 기다리던 시험을 빨리 보고 싶어서였는지 시간이 빨리 흘러가길 바라고 있었다.

하지만 시간은 상대적이었는지 나에겐 느리게만 흘러갔던 시간이 다른 사람들에겐 쉼 없이 흘러가고 있었다. 어느새 누나는 결혼해서 아이를 두 명 낳았고 나는 두 아이의 삼촌이 되어 있었다. 3살이 되어 말도 곧잘 하게 될 만큼 컸다. 다온이가 말할 정도로 클 때까지 작은 선물하나 해 주지 못한 나 자신을 원망했지만, 이제는 그런 것에 휘둘리지 않을 정도로 무뎌졌다. 자책할 시간에 공부하는 게 급했기 때문이다.

세상을 좀 더 긍정적으로 바라볼 수 있었고 마음의 여유 또한 생겼다.

운동을 걷는 것에서 뛰는 것으로 바꾸고 나니 훨씬 더 상쾌한 기분으로 공부를 할 수 있었다. 건강 상태도 예전보다 많이 좋아졌다. 달리기를 해서 체력도 많이 좋아지면서 오랫동안 공부할 수 있었다.

이런 기분과 상태로는 올해 좋은 일이 일어날 것 같은 예감까지 들었다. 이번 설날에는 따로 내려가지 않았다. 친척들에 대한 두려움은 아직 해결되지 않은 것 같았다. 만나게 됐을 경우, 물어볼 많은 질문에 무엇 하나 떳떳하게 대답할 용기가 없었기 때문이다. 결국 나는 7급에서 9급을 선택했고, 그 선택 또한 맞는 건지 아직도 확신할 수 없었다. 바꾼다 한들 9급을 붙는다는 보장도 없었기 때문이다.

차라리 가는 시간에 공부를 더 하자는 마음으로 집에 남아 공부를 하기로 했다. 하지만 이런 결심이 부모님께서는 이해가 되지 않으셨는지 평소에 내지 않으신 화를 내기 시작하셨다. 아무리 네가 스트레스를 받아도 1년에 얼마 있지 않은 가족 행사를 하러 안 간다는 것은 말이 안 된다며 크게 화를 내셨다. 그런 모습에 나는 더 화를 내기 시작했다. 가봤자 스트레스만 받고 또 동생들 보는 앞에서 세뱃돈을 받을 생각하면 너무 수치스럽다고 말씀드렸지만 이런 나의 대답에도 부모님은 이해해주시지 않으시고 계속해서 화를 내셨다. 무조건 참석해야 한다는 부모님의 말씀에 나도 지지 않고 화를 내며 집을 나섰다.

설날이라 어디 갈 곳도 없었기에 집에서 가까운 카페에 가서 핸드폰도 꺼둔 채 공부하기 시작했다. 그렇게 밤이 되어 다시 돌아온 집안 분위기는 차가웠고 부모님은 내게 다시 한번 말씀하셨다.

"네가 공부를 하는 것은 너의 선택이다. 하지만 가족들과 만남을 너의 개인적인 선택으로 가지 않는다는 것은 올바른 행동이 아니야."

이제 할머니도 어느 정도 연세가 있으셨고 다른 친척들과도 이런 설날이나 추석이 아니면 뵐 수가 없기 때문에 갈 수 있는 상황에서는 최대한 가야 한다는 것이 부모님의 말씀이셨다.

물론 그런 점은 이해하지만 당장 3개월 후에 있을 시험을 앞두고 굳이 나의 멘탈을 깨뜨리는 일을 하고 싶지 않았다. 결국 부모님과의 의견 차이를 극복하지 못한 채 방에 들어왔다. 마음은 안 좋았지만 결국 합격하기 위한 길이라고 스스로 생각하면서 다시 공부하기 시작했다.

부모님과의 갈등을 해결하지 못한 채 시간은 점점 흘러 3월이 되었다. 시험은 한 달도 채 남지 않게 되었다. 나는 설레는 마음과 걱정되는 마음으로 하루하루 공부만을 할 뿐 그 이외의 것들은 생각하지 않았다. 수험생의 시간이란 정지된 것과 같다고 책에서 본 적이 있는데 그 말이 딱 맞았다. 나의 시간은 오로지 공부를 위해서 쓸 뿐 다른 건 정지된 채 있었다. 봄이 오거나 겨울이 와도 나에겐 늘 똑같은 장소에서 공부만을 할 뿐이어서 밖에 날씨가 어땠는지도 모르고 지나갈 때가 많았다.

하지만 나를 제외한 모든 시간은 어김없이 흐르고 있었다는 것을 깨닫게 되는 사건이 있었다. 나에겐 여느 때와 같은 하루임에도 다른 사람에겐 다른 하루가 될 수 있다. 그 다른 하루가 나에겐 평범한 하루였다. 한 통의 전화가 밤늦게 울렸고 아버지는 자다가 일어나셔서 전화를 받으셨다. 전화를 건 사람은 다름 아닌 소방대원이었다. 우리 농장이 불에 타고 있으니 얼른 와서 확인해달라는 내용이었다. 나는 옆에 있음에도 사태의 심각성을 알지 못했고 아버지와 어머니는 정신을 가다듬을 새도 없이 농장으로 달려가셨다. 농장은 이미 불길로 휩싸여 있었고 상추란 상추는 모두 불에 탄 상태였다. 냉장고며 TV 그리고 각종 상추를 키우기 위한 기계들이 전부 불타고 있었다.

실감이 나지 않았다. 항상 티브이에서만 보던 화재가 우리 집에서 그 것도 1,500평이나 되는 농장에서 화재가 일어난 것이다. 재산 손실은 측정이 되지 않았고 지독한 여름을 끝내고 하물며 추위까지 이겨낸 상추가 봄인 3월에 다 불타 사라진 것이다. 형언할 수 없을 만큼의 슬픔이 찾아왔다. 우리 가족은 한 푼의 재산도 남지 않은 채 농장을 접어야만 했다.

이제 겨우 다시 농장을 돌릴 수 있는 상황이 왔음에도 우리 가족은 다시 한번 가난 속으로 들어가게 되었다. 1,500평의 농장도 임대해서 쓰는 것이라 불이 날 경우 우리가 배상해야 한다. 상추가 죽은 것과 기계가 불탄 것은 물론 땅 주인에게도 배상해야 하기 때문에 우리가 지불해야할 금액을 계산할 수가 없었다.

하늘은 우리 편이 아니라고 생각했고 공부하기가 정말 힘들다는 생각을 했다. 그 누가 공부가 가장 쉽다고 했는지 정말 찾아가서 물어보고 싶었다. 10년 넘게 하루도 빠짐없이 그리고 주말 없이 날마다 출근하던 아버지는 갑자기 일자리를 잃으셨다. 지독한 폭염 속에도 어떻게든 상추를 살리기 위해 출근하시던 아버지셨지만 이번 만큼은 출근하실 수가 없었다. 아니, 출근할 곳이 없어졌다. 화재로 인해 처참한 농장을 아버지는 차마 보실 수가 없으셨다. 하지만 이런 와중에도 시험 날짜는 다가오고 있었으며 공부는 되지 않았다. 아버지는 술을 자주 드셨고 어머니는 식욕을 더 잃으셨다. 세상에 고통이란 고통은 다 가진 것처럼 우리 가족은 점차 지쳐가고 있었다. 그런 지친 와중에도 그나마 내가 힘이 되어드리고자 다음 달 시험을 위해 조금이라도 더 공부하자고 다짐하게 되었다.

하지만 이런 상황이 되고서야 왜 그토록 설날에 큰집에 가야 한다고 말씀하셨는지 부모님의 마음이 이해가 됐다. 사람의 앞길은 아무도 모르는 것이다. 이번 설날이 누군가를 보는 마지막 설날이 될 수도 있기 때문이다. 그렇기에 부모님은 그토록 가야 한다고 말씀하셨고 결국 가지 않은 나는 앞으로 언제 또 큰집을 가게 될지 모르는 상황이 되었다. 당장 눈앞에 일들이 우리 가족을 너무 힘들게 했고 마음의 여유를 없앴기에 다른 것들을 더 이상 신경 쓸 수가 없었다.

이런 지독한 상황 속에도 시험 날짜는 점점 다가오기 시작했고 시험이 20일 앞으로 다가왔을 때는 심장이 뛰었고 이번에 붙지 않는다면 우리 가족이 더 우울해질 거라는 안 좋은 생각에 식은땀까지 났다.

화재 난 농장에 대한 마음은 아프지만 지금은 시험에 집중하는 것이 가장 큰 효도라고 생각했다. 또 그것만이 내가 유일하게 할 수 있는 일이었다. 남은 20일이라도 열심히 공부해서 꼭 합격해야겠다고 생각했다. 합격만 하게 된다면 지독한 가난 속에서 조금은 벗어날 수 있을 거라고 생각했다.

하지만 비극은 한 번으로 끝나지 않았다. 피곤함을 무릅쓰고 열심히 공부하고 있었는데 부모님께서 잠깐 외출하시고 빠르게 집으로 돌아오셨다. 밖에 볼일이 있다고 하셔서 오래 걸릴 거라고 생각했는데 생각보다 금방 돌아오셔서 나는 의아해하며 여쭤보았다.

"일찍 들어오셨네요?"라는 내 질문에 아버지는 한참을 망설이다가 말씀하셨다.

"병원에 갔다 왔다."

"병원이요? 어머니 편찮으셔서 가셨어요?"

"그래. 요새 밥을 잘 못 먹어서 병원에 가봤는데 어머니가 매우 아프시단다. 큰 병원에 가서 진단을 받으셔야 할 것 같다."

"어디가 어떻게 안 좋으신데요?"라고 묻는 내게 아버지는 눈시울이 붉어지시면서 말씀하셨다.

"암이라고 하신다. 위암인 거 같으니 대학병원에 가서 진찰을 받아보는 게 좋겠다고 의사가 그러더라."

세상이 무너진다는 것은 어떤 기분이었을까? 바로 지금과 같은 기분이겠지? 2019년이 된 지 고작 3개월밖에 되지 않았다. 나는 3개월 만에 지옥을 느꼈다. 모든 게 멈춰있을 거라고, 내가 합격하면 모든 게 해결될 거라고 했던 지난 다짐들이 한순간에 무너지고 내 세상도 무너졌다.

불이 난 후 식사를 잘 하지 않으셨던 어머니였기에 단순히 화재에 대한 충격이 너무 크셔서 그런가 보다라고 생각했었는데 그런 간단한 이유가 아니었다. 어머니는 늘 고통을 느끼셨고 그 고통을 가족들에게 말할 새도 없이 큰 사건이 계속 터졌던 것이다. 게다가 이제야 농장이 안정적으로 운영된다고 생각했기에 어머니는 아프셔도 조금씩 계속 참고 견디셨던 것이었다. 언젠가 어머니랑 같이 산책을 할 때가 있었는데 어머니가 얼마 걷지도 않았는데 도저히 못 걷겠다고 집에 돌아가자고 하신 적이 있었다. 나는 아파서 그런 것도 모르고 운동 부족이라고 핀잔을 줬고 앞으로 열심히 운동하라고 운동을 안 해서 그렇게 체력이 없는 거라고 잔소리까지 했다.

하나하나 과거의 일을 되짚어 볼수록 나는 정말 못난 아들이었고 불효자였다. 한 번쯤 부모님의 말씀에 귀 기울이고 신경썼다면 이런 상황이 일어나지 않았을 텐데 하는 후회만을 계속할 뿐이었다.

후회와 한숨으로 하루를 보내면서 시험은 2주 앞으로 다가왔고, 어머니께서는 큰 병원에 가서 진단을 받으셨다. 진단은 우리가 예상한 대로 위암이셨고 사태가 심각할 수도 있다는 말과 함께 바로 수술을 받아야 한다고 말씀하셨다. 수술 날짜는 4월 5일로 예약되었고 내가 9급 시험을 보는 날은 4월 6일이었다.

처음에는 믿지 않았다. 동네 병원에서 진단한 결과라 약간의 오차가 있어 사실일 리 없다고 생각했다. 위염인데 잘못 들은 것 아니냐고 수없이 되물었다. 아버지께서는 다시 한번 병원에 가서 진단 결과를 듣고 오실 정도로 믿지 못하셨다. 대학병원에 가서도 정말 사실이냐고 몇 번을 되물으실 정도로 믿기 힘든 결과였다. 다른 대학병원에 가서도 진단을 받아보는 게 어떻겠냐는 주변의 의견도 있었지만 우리 가족에게 계속된 위암 판정은 너무나도 괴로웠기에 더 이상 이 사실을 부정하지 않기로 했다.

드라마나 영화에서만 보던 암이 어머니에게 걸렸다는 사실을 나는 도저히 믿을 수가 없었고 인정하고 싶지도 않았다. 그때부터 공부는 전혀 하지 못했다. 눈물이 끊임없이 나왔기 때문에 문제집은 눈물로 젖었다. 온통 머릿속에는 어떻게 해야 어머니가 다시 건강해지셔서 예전과 같은 모습으로 돌아오실 수 있을까에 대한 생각뿐이었다.

하지만 기적은 기적이었다. 쉽게 일어나지 않는다는 것이었다. 대학병원 진단 결과 위암 3기셨으며 전이되었을 수도 있으니 어서 빨리 수술을 하자는 말뿐이었다.

나는 쉽게 알 수 있었다. 어머니가 어딘가 편찮으시다는 것을. 눈에 띄게 말라가는 어머니의 모습과 매일같이 거르는 식사, 조금만 걸어도 힘들다고 걷지 못하시던 어머니. 건강검진 전날에는 어머니가 좋아하시던 회를 먹으러 갔지만 우동 국물만 드시고 더는 못 드시겠다고 하시던 모습에서 난 충분히 알 수 있었다. 하지만 몰랐다. 누가 봐도 알 수 있는 것을 가장 가까운 가족인 나는 몰랐다. 그저 공부만 하자. 내가 해야 할 것은 공부뿐이다라고 생각했기에 주변사람이 고통에 몸부림치는 것조차 신경쓰지 않았다.

공부란 정말 쉬울 수 있다. 하지만 쉽기 위해서는 이기심이 필요하다. 나 자신 외에는 전혀 신경쓰지 말고 그저 자신만 생각해야 한다. 하지만 세상은 그렇지 않다. 그리고 그럴 수도 없다. 내가 공부하는 순간에도 누군가는 나를 위해 희생하고 또 다른 누군가는 나를 위해 봉사한다. 지금처럼 나는 그 쉽다는 공부를 할 수가 없었다.

누군가가 내게 내리는 벌이라면 내가 아팠으면 좋겠다는 생각을 수천 번을 했다. 차라리 내가 아프게 해달라고, 남은 인생을 버리고 대신 아플 수만 있다면 그렇게 하고 싶다고 계속해서 말했다. 항상 희생만 하던 어머니였음을 충분히 알았고 그렇기에 공부해서 보답해드리고 싶었다. 그것이 효도라고 생각했기에 나는 공부만을 바라봤다.

이러한 괴로움 속에서 어머니의 수술 날짜는 다가왔다. 아직도 수술 받기 전에 상황이 정확하게 기억이 난다. 수술시간이 11시였기에 우리 가족은 아침 8시까지 병원에 갔다. 물론 어머니께서는 그 전날 입원하셨고 수술을 위한 준비를 미리 하고 계셨다. 아버지께서 전 날 같이 계시려고 했으나 어머니께서는 극구 사양하셨다.

지금에서야 알 수 있는 것은 어머니 본인도 혼자만의 시간이 필요했다고 생각한다. 자신이 암이라는 무서운 병에 걸렸고 다음 날 수술한다는 것을 스스로가 받아들이기 위한 시간. 하루하루가 정신없이 흘러갔기 때문에 정작 본인 스스로는 자신의 상태에 대해 받아들일 준비를 할 시간이 없었다. 그래서 수술 하루 전날이 되어서야 겨우 시간을 가질 수 있었다고 생각한다. 수술 당일에는 많은 가족이 모였고 어머니에게 힘내라는 말을 전하며 아낌없는 응원을 해주셨다. 이제 수술실로 들어가실 시간이 되었고 나는 어머니의 손을 잡으며 잘 될거라는 말과 함께 최대한 웃음을 지어보였다. 이에 어머니께서도 시험을 잘 보고 오라는 말과 함께 힘든 미소를 지으시며 수술실로 들어가셨고, 온 가족은 수술이 무사히 끝나기만을 기도하며 대기실에서 기다리고 있었다.

수술시간이 점심시간을 겹쳐 있었기에 우리 가족은 밥을 먹으러 갔지만 정말 약속이라도 한 듯이 다들 조금밖에 식사를 하지 못하셨고 자리에서 일어나셨다. 시간은 점점 흘러 수술이 끝날 시간이 되었음에도 아무런 연락도 오지 않았다. 오후 4시면 끝난다는 수술이 오후 5시가 되었음에도 연락이 없었다. 우리 가족은 걱정되는 마음에 편히 앉아 있지도 못한 채 수술실만 바라보고 있었다.

시간이 조금 흐른 뒤 의사 선생님이 나와서 수술이 무사히 끝났다고 말씀하신 후에야 우리는 편히 앉아서 쉴 수 있었다. 조금의 휴식 후에 우리 가족은 어머니를 찾아갔고 수술이 끝난 후에 어머니는 고통을 견디기 힘들어하셨다. 서서히 풀리는 마취와 계속되는 고통에 가족들과 눈 한번 마주치기 힘들어하셨다. 너무나 마음이 아파 그 자리에 서 있기가 힘들었고 보호자 방문 시간이 2시간 제한이 있어서 곁에 오래 있지도 못했다. 이제 어머니에게 인사를 드리려고 다가가자 어머니는 손을 잡으며 나를 바라보셨다. 그런 모습에서 나는 어머니가 자신은 괜찮으니 시험을 잘 보고 오라고 말씀하시는 것을 느꼈다.

힘든 수술을 견뎌내신 어머니기에 나 또한 지지 않고 열심히 공부해서 시험을 잘 보겠다는 마음뿐이었다. 그간 공부를 못했기에 오늘 하루만큼은 최선을 다해서 공부를 하자는 심정으로 공부를 하기 시작했다.

기적보다는 노력이다

기적이란 쉽게 일어나지 않는다. 살면서 기적을 경험한 사람은 많지 않을 것이다. 나 또한 시간이 지나 생각해보니 내게 일어난 것들이 기적이라고 생각이 들지 않았다. 물론 누군가는 나에게 그것도 기적이라고 말할 수 있다.

하지만 내가 생각한 기적은 그 사람이 얼마나 노력했는가를 몰랐을 때 말할 수 있는 것으로 생각한다. 노력한 사람에게 따르는 것, 그리고 그것이 결과로 나온 것. 그것이 기적이라고 생각한다.

마술사는 하나의 마술을 보여주기 위해 끊임없이 노력한다. 그것이 무대에 섰을 때, 그리고 대중 앞에 보여줬을 때 비로소 마술이 된다.

어머니가 아프셨고 제대로 된 공부를 하지 못한 채 시험장에서 문제를 풀었다. 하지만 결과는 좋게 나와 합격할 수 있었고 그것은 곧 기적이었다. 하지만 과정을 바라본다면 기적이라 할 수 없다. 28살부터 31살까지 거의 3년이라는 시간을 공부했으며, 2019년 3월을 제외한 2월까지 단 하루도 빠짐없이 공부했다. 나에겐 노력이 있었고 그것이 결과를 이룬 것이다.

내 책을 읽고 어떤 사람들은 기적을 바랄 수도 있다. 하지만 기적이란 노력이 모여 만들어낸 산물이라 생각한다. 노력하지 않은 채 바라는 기적은 헛된 희망이고 설령 그렇게 이룬 결과는 나 스스로가 소중하게 생각하지 않을 것이다.

공무원이 합격한 지금 제일 많이 듣는 말은 "얼마나 공부하셨나요?"이다. 그만큼 요즘 공무원 시험이 어렵다는 것을 방증하는 질문이 된다. 그런 질문에 나는 2년 반 정도 했다고 얘기를 한다. 대부분에 사람이 그렇게 공부하는 것이 힘들지 않냐고 말할 때마다 과거 도서관에서 만난 아저씨의 말씀이 이해됐다.

"힘들죠. 하지만 제가 선택한 길이고 그 길을 잘 갈 수 있도록 도와주는 가족들을 위해 열심히 해야죠!"

공부했던 기간을 어떤 이는 고통의 시간이었다고 말한다. 나 또한 놀고 싶은 것들을 참고 늦잠 자고 싶은 마음도 억누른 채 공부만 했으니 고통이었다는 말에는 일부분 공감한다.

하지만 내가 했던 공부는 고통이라 말하지 않고 노력이었다고 말하고 싶다. 지나온 것들이 고통이었다는 것은 어떠한 결과를 내지 못한 것을 말한다. 하지만 뭐가 됐든 어떠한 결과를 냈다는 것은 노력이 있었다고 생각한다. 자신의 결과를 좀 더 긍정적으로 바라보고 지나온 것들을 '노력'이라 말한다면, 앞으로 어떤 일을 도전하게 될 때, 또 다른 고통이 오겠다는 생각은 안 들지 않을까?

면접

필기시험 점수가 합격 컷보다 무려 11점 높게 나왔다. 공무원 시험 특성상 합격 컷보다 점수가 일정 점수 이상 높으면 흔히 말해 합격은 떼놓은 당상이었다. 따라서 면접에 대해 심각하게 고민하거나 걱정할 필요는 없는 것이었다. 하지만 이런 합격의 기쁨도 잠시 나에게 또 다른 불안감이 찾아왔다. 바로 면접에 대한 불안감이었다. 합격 점수가 높으면 원래는 면접에 대한 불안감은 없어야 한다. 분명 그래야 했는데 혹시나 모를 불안감은 점점 커졌고 만약 면접에서 떨어진다면 정신적인 충격이 너무 클 것 같아 걱정되었다.

그래서 보통 필기에 합격할 것이라고 확신하는 사람들은 면접학원을 미리 다니거나 혹은 인터넷 강의를 신청하여 남들보다 빠르게 면접 준비를 시작한다. 나 또한 학원에 다닐지 인터넷 강의를 볼지 오랜 고민 끝에 인터넷 강의를 선택하게 되었다. 인터넷 강의를 선택한 이유는 집도 지방이라 서울에 있는 학원에 다니는 것이 부담되었고 학원 수업 중에 수험생들 앞에서 발표한다는 것이 몹시 떨렸기 때문이다.

인터넷 강의를 구매한 후, 들어본 면접 강의는 솔직히 말해 실망스러웠다. 강의 수는 20개가 넘게 있었기에 구매하기 전에는 면접 공부를 할 게 상당히 많다는 생각을 했다.

하지만 직접 구매해서 들어본 강의는 정말 깜짝 놀랄 지경이었다. 강사님이 가르치는 내용은 정말 의미가 없는 수준이었다. 면접에서 하지 말아야 할 행동에 관하여 강의하는 강좌가 있었는데 누가 들어도 해서는 안 될 행동을 새로운 내용인 것처럼 가르치는 모습에 실망하지 않을 수가 없었다.

예를 들면 '반말을 하면 안 되고 욕을 해서는 안 됩니다. 눈을 바라보며 대화를 해야 합니다. 주머니에 손을 넣고 인사하거나 면접 보는 도중 눈물을 흘려서도 안됩니다.'와 같은 어디서나 들어볼 법한 얘기를 무려 20만 원 가까운 돈을 내고 듣고 있었다. 처음에는 다른 무언가가 있을 거라고 생각하고 강의를 계속 들었으나 들으면 들을수록 당연한 얘기뿐이었고 내가 원하는 정보는 끝내 들을 수 없었다.

결국 인터넷 강의를 듣는 것을 포기하고 독학을 하기로 했다. 처음에는 이미지 트레이닝 방식으로 연습했지만 이게 맞는 건가 하는 불안감만 커질 뿐 도움이 되지 않았다. 결국 아무것도 하지 못한 채 시간이 흘러 1차 합격자 발표날이 되었고 내 예상처럼 1차 필기시험에는 합격을 했다.

정말 이때의 기분은 말로 표현을 할 수가 없었다. 부모님께서는 이미 최종 합격한 것으로 아셨는지 주변에 자랑하기 시작했다. 누나는 두 명의 조카를 데리고 우리 집까지 와서 맛있는 걸 사줬다. 아직 최종합격이 아니었기에 조금 부담스럽고 걱정되기는 했지만 모두가 기뻐하는 모습을 보니 그런 걱정들은 잠시 접어두기로 했다.

1차 합격자 발표가 나온 이후로 각종 공무원 커뮤니티는 활성화되기 시작했다. 면접 스터디를 모집한다는 공고를 게시판에 수없이 올리기 시작했고 또 참여한다는 얘기도 계속해서 올라왔다.

공부 스터디에 대한 이미지를 떠오르면 개인적으로 안 좋은 이미지가 있기 때문에 나에게는 조금 꺼려졌다. 고등학교 때부터 스터디하면 꼭 중간에 안 나오는 사람이 생기거나 아니면 누가 누구를 좋아하게 되어서 공부는 뒤로 한 채 연애에 집중하는 사람이 많았기 때문에 전혀 효율적이지 않다고 생각했다.

하지만 어떻게 얻은 면접 기회인데 아무것도 안 하고 있다가 면접에서 떨어지기라도 한다면 큰일이라는 생각에 나도 면접 스터디를 알아보게 되었다. 혼자 하는 것보다는 아무래도 여럿이서 하는 것이 좀 더 좋을 거라고 생각했기 때문이다. 필자는 수원에서 살았기 때문에 수원역 근처에 있는 스터디로 찾아보았고 찾는 방법으로는 각종 공시생 커뮤니티에 들어가서 스터디 모집을 한다고 게시글을 올리는 방법으로 했다. 댓

글을 달거나 쪽지로 같이 스터디를 하자는 사람을 모아서 스터디 그룹을 완성했다. 단체 대화방을 따로 만들어서 대화하기로 했다. 이렇게 모인 스터디 그룹 멤버는 모두가 같은 직렬이 아닌 다른 직렬도 있었기 때문에 여러 가지 방면으로 공부가 되리라고 생각했다. 또 같이 스터디하는 멤버들이 합격하여 공무원이 되면 새로운 인맥이 생기는 거니까 일거양득이라는 마음으로 긍정적으로 스터디에 참여하게 되었다.

면접 스터디는 총 6명으로 경찰행정직 2명과 방송통신 1명, 보호직렬 1명, 세무직 1명, 직업상담 1명이 있었다. 연령대는 다들 다양했지만, 가장 어린 분이 28살이었다. 생각보다 연령대가 높았고 가장 나이가 많은 분은 38살이셨다. 다양한 직렬과 다양한 나이대에 사람들이 모이다 보니 처음 스터디는 공부하기보다는 어떻게 합격했는지 몇 년이 걸렸는지에 대해 대화하면서 끝났다.

공부한 시간은 모두 다르긴 했지만 빠른 분은 6개월이었고 길게 하신 분은 3년이었다. 순 공부시간은 거의 10시간씩 평균을 이뤘고 운동은 모두 하셨다고 했다. 역시 공부를 하기 위해서는 운동은 필수라고 생각한다.

또한 제일 중요한 것은 모두가 시험을 마치고 떨어질 거리고 생각했다는 점이다. 느낌이라는 것이 잘 맞을 때도 있지만 이런 생각에도 붙는 경우가 있다는 것이 중요하다. 혹시라도 이 책을 읽으시는 공시생분들은 시험의 느낌이 항상 정확하지 않다는 것을 참고해 주었으면 한다.

두 번째 스터디 모임부터는 제대로 공부를 하기 시작했는데 우리가 한 스터디 방법은 기출 문제를 프린트로 뽑아서 실제 시험 시간에 맞춰 발표하는 것이다. 실제 면접장에 왔다는 마음으로 문제를 냈고 정말 시간에 맞춰 문제를 풀었다. 또한 면접관 2명과 면접원 1명으로 역할을 만들어 서로 돌아가면서 질문과 답을 진행했다. 시간이 남을 경우 모두가 돌아가면서 질문하는 방식으로 진행했다. 보통 스터디 시간은 6시간 정도로 긴 시간 동안 진행했으며 두 번째 스터디 모임부터는 사적인 대화는 거의 하지 않은 채 면접 공부만을 진행했다.

다들 안정권에 있는 점수였음에도 혹시나 면접에서 떨어지는 사람이 내가 되지는 않겠냐는 불안감에 더욱 열심히 준비했던 것 같다. 물론 스터디가 끝난 후 저녁을 먹으러 간다든가 간단하게 술 한 잔할 때도 있었지만 대부분은 면접 준비를 하는데 몰두했다.

그런데 면접 스터디에서 예기치 못한 사건이 발생했다. 가장 우려했던 일이 발생한 것이다. 같이 면접 준비를 하던 남성분이 여성분을 좋아하게 되면서 스터디의 공부 방향이 점차 이상하게 흘러가기 시작했다. 그 남성분의 이름을 민우로 하고 여성분의 이름을 우리라고 한다면, 민우님은 모의 면접을 할 때마다 우리님이랑 하려고 했다. 그러다 보니 우리님은 다양한 의견을 듣고 싶음에도 불구하고 계속해서 민우님이랑만 팀을 하게 되었고 이런 점이 우리님에겐 스트레스로 작용이 되었다.

우님은 혼자 끙끙 앓다가 나에게 고민을 털어놓기 시작했다. 그 고민을 듣기 전에는 전혀 눈치채지 못했고 그저 민우님이랑 우리님이 친하다고만 생각했다. 하지만 우리님 입장에서 얘기를 듣다 보니 민우님의 적극적인 태도가 충분히 우리님에겐 부담이 될 수 있다고 느꼈다.

가장 대표적인 행동으로는 민우님은 기프티콘이 생길 때마다 우리님에게 보냈으며 단순히 보낸 것만이 아닌 보낸 것들을 자신과 같이 마시거나 혹은 영화를 보러 가자는 식으로 계속해서 문자를 보냈다.

우리님의 입장에서는 스터디가 중요했기 때문에 거절하기가 힘들었고 혹시 거절했다가 다른 스터디원들에게 안 좋은 얘기를 해서 자기가 스터디를 더는 못하게 되지는 않겠냐는 두려움도 있었다. 더욱 중요한 것은 민우님은 여자친구가 있었기에 우리님은 그런 민우님이 더 부담스럽고 불편했다.

그런 고민을 우리님에게 듣고 난 이후에 나는 민우님의 행동을 살펴보게 되었다. 우리님에게 하는 행동이 어느 정도인지 눈으로 직접 보고 싶었기 때문이었다. 정말 우리님이 말씀하신 것처럼 팀을 나눌 때면 항상 민우님이 우리님과 팀을 하려고 했으며 우리님에게 대하는 태도가 우리한테 대하는 태도와는 완전히 달랐다.

예를 들면 우리님이 모의 면접 중에 실수를 해서 누군가 지적을 하면 민우님이 변호사인 것처럼 우리님을 대변해 대답하거나 보호해주었다. 그런 상황이 지속 되면서 우리님은 스터디를 나오는 것이 불편하고 부담스러운 상황이 되었고 이런 상황을 민우님을 제외한 다른 스터디원들에게 알려드렸다.

다행히 다들 이해해주었고 그런 우리님을 보호하자는 차원에서 스터디 팀을 나누거나 할 때는 민우님과 우리님을 다른 팀이 되도록 했다. 그리고 우리님에게 자신의 의사를 확실하게 표현하는 것이 오히려 민우님에게 좋을 수 있다고 말씀드렸고 그 말에 자신을 얻은 우리님은 민우님에게 여자친구가 있으면서 저한테 그렇게 대하시는 행동들은 너무 부담스럽다고 직접 말했다.

이렇게 우리님이 말씀을 하신 이후로 민우님은 점차 우리님과 같이 모의 면접을 하지 않게 되었고 얼마 지나지 않아 아무 말 없이 스터디를 나갔다. 민우님이 스터디를 안 나오게 되면서 스터디는 다시 예전의 면접을 위한 모임으로 바뀌게 되었다. 얼마 남지 않은 면접 날이 우리에겐 가장 큰 문제였고 또 두려움의 대상이었기 때문에 하루하루 면접을 위해 힘을 쏟았다.

1차 합격 이후 면접 날까지는 거의 한 달 정도밖에 되지 않기 때문에 준비할 수 있는 시간이 얼마 되지 않았다. 그래도 다른 직렬들은 먼저 합격한 선배들이 있고 또 현재 일하시는 분들의 정보를 구할 수가 있었지만, 나와 같이 올해 처음 생긴 직렬은 면접자료를 구하는 것이 불가능에 가까웠다. 구체적으로 내가 어떤 일을 담당할지도 모르는 직업인데 가서 면접을 봐야 하니 정말 당황스럽기만 했다.

면접에 관한 인터넷 강의도 경찰행정직에 관한 정보가 뚜렷하게 나와 있지 않았고 그저 추상적으로 이런 이런 일을 할 것이라는 정보뿐이었다.

이러한 안 좋은 상황 속에서 긴급한 문제가 다른 쪽에서도 발생했다. 면접을 보려면 정장이 필요한데 전에 샀던 정장이 너무 작아져서 입지를 못 할 정도까지 된 것이다. 당장 정장을 사기에는 여유자금이 충분하지 못했기 때문에 이를 해결할 방법을 찾던 도중에 동네 동사무소마다 무료로 정장을 빌려준다는 것을 알게 되었다. 물론 동사무소에서 직접 빌려주는 것은 아니고 연계업체가 있어서 그 업체에 찾아가 직접 빌리는 것이다.

필자는 의왕시에 있는 동사무소에서 빌렸는데 강남역까지 가서 정장을 빌려왔다. 그래도 무료로 빌려준다는 것 자체가 나에겐 천만다행이었고 당장 동사무소를 찾아가 어떻게 해야 하는지를 물어봤다. 정장을 빌리는 방법은 간단하다. 왜 정장이 필요한가를 증빙해줄 서류가 필요하다. 공무원 시험을 예를 들면 1차 합격한 자료를 가져가면 된다. 1차에 합격할 경우 당연히 2차 면접시험이 있다는 것을 방증해주기에 충분한 증빙자료가 될 수 있다. 그것을 동사무소 직원에게 보여주면 연계 업체에 연락을 해서 며칠 안에 정장을 찾으러 가라는 연락을 받을 수 있다.

연락을 받고 바로 달려간 연계업체는 당장에 정장을 구할 수 없는 분들에게는 최적화된 곳이었다. 각 사이즈마다 정장이 분류되어 있었고, 구두나 넥타이까지 다양한 종류가 있었다. 나는 조금 마른 편이어서 허리가 잘 맞는 게 중요했는데 가자마자 사장님께서 골라주신 바지는 정확하게 내 허리에 맞았다. 사이즈가 너무 다양해서 맞춤 정장이 아님에도 맞춤식으로 정장을 입을 수 있었고, 또 넥타이는 원하는 것으로 선택이 가능했기에 좀 더 편한 마음으로 옷을 고를 수 있었다.

하마터면 비싼 정장을 급하게 살 뻔한 나에게 무료로 정장을 빌려주는 제도는 정말 좋은 제도였다. 혹시 정장이 없어 급하게 구해야 한다면 꼭 이용하면 좋을 것 같다.

이렇게 면접 날까지의 모든 준비가 끝났고, 다가올 면접 날을 기다리면서 컨디션 관리를 하는 게 가장 중요하다고 생각했다.

또한 1차 필기시험을 합격하고 난 후에는 면접 날까지 한 달이라는 시간이 있다. 한 달이라는 시간 동안 면접 스터디를 하는 것도 중요하지만, 나는 운동을 무조건 추천한다. 그동안 공부를 하면서 체력이 너무 떨어졌기에 운동하면서 체력을 늘려야 최종합격했을 때 진짜 신나게 놀 수 있다. 최종합격했음에도 체력이 없어서 집에서 쉬기만 하다가 발령이 나서 근무를 하게 된다면 분명 아쉬움을 가질 것이기에 미리미리 운동하는 것을 추천한다. 그래서 필자는 하루에 5km씩 달리기를 시작했고, 지금까지도 꾸준히 격일마다 달리기를 하고 있다.

게다가 면접시간도 1시간 동안이나 진행되기 때문에 중간에 체력이 떨어지면 내가 지금 무슨 말을 하고 있는지 모를 때가 있다. 또한 국가직은 지방직과 다르게 40분 동안을 면접관 두 분과 대화를 해야 한다. 정신을 바짝 차리지 않으면 말을 실수하거나 순간적으로 멍 때릴 수 있기 때문에 미리미리 운동하는 것을 정말 추천한다.

시간은 계속해서 흘렀고 결국 면접 당일 날이 되었다. 직렬마다 면접을 보러 가는 날이 다른데 경찰행정직은 굉장히 빨리 면접을 보는 편이어서 다른 직렬보다 일찍 면접을 볼 수 있었다.

경찰행정직은 1차에만 400명 이상이 붙었기 때문에 오전/오후 조로 나뉘었음에도 대단히 많은 사람이 모여있는 것을 볼 수 있었다. 더운 날이었음에도 전부 검은 정장을 입고 있었고 반팔 정장을 입은 사람은 3%도 되지 않았다. 편한 복장을 입고 와도 된다고 적혀 있으나 정말 편한 복장을 하고 온 사람은 아무도 없었다. 대부분 검은 정장과 넥타이까지 다하고 왔기 때문에 정장을 입고 가는 것을 추천한다.

처음 들어가면 천 명 가까이 되는 인원이 강당 같은 곳에 들어가고 의자와 책상은 다 배치되어 있었고, 6명 정도가 한 조가 되어 자리를 앉는다. 다들 긴장을 너무 했는지 그 많은 인원이 있음에도 떠드는 소리 하나 들리지 않고 앞에선 높으신 분처럼 보이는 분이 주의사항과 어떻게 면접을 진행하는지를 간단하게 설명해준다.

자신의 조가 몇 조인지가 가장 중요한데 내 생각엔 조를 정하는 것은 임의로 정해지는 것 같다. 나는 1번이어서 다행스럽게도 얼마 기다리지 않고 바로 면접을 보러 들어갔지만 아마 뒷번호이신 분들은 엄청나게 오래 기다려야 볼 수 있을 것이다.

자신의 조의 준비가 모두 끝나가 되면 상황 설명과 함께 경험형 질문을 적을 시간을 준다. 총 20분이기 때문에 빠르게 생각해서 써야 한다. 내가 쓴 경험형 질문은 자신이 원치 않는 조직에 들어가게 되어 주변 친구나 가족에게 조언 혹은 도움을 받은 경험을 쓰라는 질문이었고, 상황형 질문은 자신이 국립대학 거래처 공무원이라면 어떤 거래처를 선택할 것인가에 관해 서술하라는 문제였다.

자세하게 상황형 질문을 살펴보면, 상관은 A(소기업)를 추천하는 입장이다. 상관이 A기업을 추천하는 이유는 지역업체이며 꾸준히 기부도 해온 기업이기 때문이다. 하지만 단점으로는 소기업이며 요즘들어 맛이나 영향등 평이 낮아지는 곳이다. 따라서 B(대기업체)를 선택하자는 의견도 나오고 있다. 본인이라면 어떤 기업체를 선택할 것인가라는 질문이다.

경험형 질문은 답이 딱히 정해진 것이 아니기에 자신의 경험에 맞게 거짓 없이 쓰는 것이 중요하고 상황형 질문은 어느 한쪽의 편을 들어 서술하기보다는 양쪽의 입장에서 쓰는 것이 중요하다. 또 위와 같은 문제에서는 어떤 거래처가 더 중요한지에 대해 객관적으로 판단하고 쓰는 것이 중요하다.

위 질문을 주고 20분의 시간이 모두 끝나면 바로 이동을 한다. 그리고 이동한 곳에서는 5분 스피치를 준비하고 발표를 한다. 여기서부터는 면접관 두 분과 나까지 총 3명이 면접을 진행하는 방식으로 한다. 앞서 쓴 경험형 질문과 상황형 질문에 대해 질문을 하시고 그것에 관한 질문이 끝난 경우 개인적인 질문으로 이뤄진다. 이러한 개인적인 질문은 총 40분 정도 진행이 되며 끊임없이 질문하기 때문에 정말 집중하고 들어야 한다.

주변의 소음이 생각보다 심하고 면접관님들의 말씀 또한 작게 질문을 하셔서 경청하지 않는다면 잘못 들을 가능성이 매우 크다.

여러 면접 질문 중에서 가장 기억에 남는 질문은 집에 급한 일이 생겼는데 혼자서만 일을 하는 상황이다. 그 일을 대신 할 사람도 없는 상황에서 당신이라면 어떤 선택을 하겠는가라는 질문이었다. 맞는 답인지는 모르겠지만 나 같은 경우에는 직장 상사에게 연락하여 자세한 사정을 설명해 드리고 이런 상황에서는 어떻게 해야 할지 조언을 부탁드릴 것이라고 말씀드렸다.

그리고 흔한 질문인 자신의 성격의 장점과 단점 그리고 경찰행정에서 유용할 공직 가치는 무엇인가 등의 질문이 이어졌다. 제일 날카로운 질문은 아무래도 면접관님들이 모두 공무원이다 보니 상황형 문제에 관한 질문이다. 위에 말한 A 기업과 B 기업 중 어떤 기업을 선택할 것인가에 대한 질문이 굉장히 날카롭게 들어와서 충분히 대비하고 혹은 생각하고 적지 않는다면 크게 당황할 수 있다.

모든 면접이 끝나고 집으로 가는 길은 힘들고 배가 고팠으며 무엇보다도 무척 더웠다. 5월의 더위 속에서 정장을 입고 시내를 돌아다닌다는 것은 매우 고통스러웠다. 조금 무겁더라도 가방을 들고 와서 반팔로 갈아입거나 정장을 넣어두는 것이 좋을 정도였다.

그래도 공무원 면접장 안내라는 표시가 길 곳곳에 보이고 또 버스 정거장에도 공무원 면접장을 갈 수 있는 버스가 몇 번인지 알려줘서 공무원 시험 1차에 합격했다는 자부심이 다시 한번 느껴졌다.

면접을 보고 난 후에 공무원 커뮤니티는 면접에 관한 글로 활기찼다. 이러이러했는데 합격 맞냐, 남들은 40분 이상 면접했다는데 나는 20분밖에 안 했는데 떨어진 거 아니냐는 등 여러 가지의 글들이 올라온다. 하지만 누구도 대답해 줄 수는 없다. 면접관마다 성격이 다르고 왜 그렇게 했는지에 대한 의도는 면접관만 알고 있기 때문이다. 나는 그저 모든 것이 끝났다는 사실에 안도했고 특별히 큰 실수를 하지 않았다는 것에 만족했다. 최선을 다했기에 결과가 어떻든 이제는 기다리는 수밖에 없다고 생각했다.

그렇게 돌아온 집은 훨씬 따듯했고 편안했다. 이로써 모든 공무원 시험을 끝냈고 앞으로는 결과만을 기다리는 일만 남았다. 하지만 정말 두렵기만 했던 면접은 생각보다 힘들지 않았다. 마치 면접관님께서 너희가 얼마나 힘들게 준비해서 여기까지 왔는지 우리는 다 알고 있단다 라는 느낌으로 이끌어주셔서 오히려 편안한 마음으로 면접에 임할 수 있었던 것 같다.

제주도 여행

면접을 무사히 끝냈기 때문에 무척 홀가분했다. 무엇을 해야 잘 놀았다는 소문이 날까 라는 생각으로 하루하루 뭘 할지 고민하다가 친구랑 제주도에 가기로 했다. 마침 날씨도 딱 좋았기에 지금 가는 것이 좋은 선택이라고 생각했다. 게다가 가족을 제외한 누구와도 비행기를 타고 여행을 가본 적이 없었기 때문에 이번 여행은 또 다른 도전정신을 불러일으켰다.

여기서 제주도를 같이 가게 될 친구는 내 오랜 공무원 시험을 옆에서 묵묵히 지켜준 친구다. 자주 연락을 하거나 만나지는 못했지만 계속해서 문자로 연락을 주고받으면서 인연을 이어간 친구 중의 한 명이다.

내가 합격을 했을 때 축하한다고 가장 먼저 말해준 친구였고 제주도에 같이 가자고 했을 때도 흔쾌히 알겠다고 말해준 고마운 친구이다.

이 친구와 만나게 된 계기는 대학생 때 중학생 멘토를 뽑는 대외활동에서 만난 친구였다. 나보다 나이는 4살이나 어린 친구였음에도 항상 배울 점이 많았다. 말하는 것보다는 듣는 것을 좋아했고 설령 자기에게 재미없는 얘기라도 최대한 공감하며 들어주려고 노력한 친구였다. 내가 여자친구와 헤어지고 공무원 시험 얘기만을 온종일 할 때도 그 친구는 묵묵히 내 얘기를 들어주며 응원해준 친구였다. 이제는 이 친구를 제외한 다른 친구들은 거의 남지 않았지만 이 친구만은 떠나지 않고 그리고 보내지 않고 내 옆에 있어 줘서 정말 고마웠다.

그래서 이 친구와 꼭 여행을 가고 싶었다. 그동안에 나 때문에 시달렸을 친구를 위해 내가 여행 가서 맛있는 것도 많이 사주고 싶었고 또 합격의 기쁨도 이 친구와 같이 나누고 싶었다.

그동안 공무원이 된다고 여행은커녕 하루라도 마음 놓고 쉰 적이 없던 나이기에 이번 여행은 너무나도 설레고 신났었다. 또 시험에 합격하고 홀가분한 마음으로 가는 여행이라 더욱 기대됐다.

하지만 한가지 마음에 걸리는 것은 어머니의 건강이었다. 혹시라도 여행하는 도중에 어머니의 건강이 더 악화하거나 안 좋아지시진 않을까 걱정이 되었다. 그래서 여행을 확정하기 전에 어머니께 말씀을 드리는 것이 좋다고 생각했고 어머니께서는 아버지가 계시니 편하게 다녀오라고 하셨다.

그토록 바라던 합격을 한 아들이 자신 때문에 합격의 기쁨을 누리지 못할 수는 없다면서 용돈까지 주시며 잘 다녀오라고 하는 모습이 지금까지도 내 마음을 울리고 있다.

친구랑 단둘이 가는 여행이기에 계획을 짜는 데 있어 생각보다 마찰이 없었고 가고 싶고 먹고 싶은 음식도 비슷해서 빠르게 일정을 잡을 수 있었다. 다만 친구가 운전을 안 한 지 오래되었고 나는 운전면허가 없었기에 렌터카를 빌리는 것이 걱정이었다. 이에 친구는 제주도는 운전하기가 쉬운 곳이니 최소한의 속도로 달리면 사고 날 일 없을 거라고 안심하라고 했다.

운전을 해 본 적이 없던 나에게 친구의 한마디는 신용이 있었고 아무 문제 없을 거라고 믿고 렌터카도 예약을 했다. 총 2박 3일간의 제주도 여행이 이제 시작되는 것이다.

드디어 여행을 가는 당일, 일찍 집에서 나와 버스를 타고 공항에 가는데 월요일 출근길이랑 겹쳐서 그런지 너무 많은 차들에 의해 버스가 움직이지 못하는 상황이었다. 늦을 거라는 생각을 전혀 하지 않았기에 안심하고 있던 나에게 시간의 압박은 점점 다가왔다. 비행기를 자주 타던 사람도 아니어서 미리 가서 비행기 표를 발급받고 어떻게 이용해야 하는지 알아 봐야 하는데 제시간에 도착하지 못하는 상황까지 이르게 되었다.

식은땀이 계속 흘렀고 시간 또한 계속 흘러갔다. 친구는 계속 어디냐고 나에게 물었고 나는 친구에게 차가 굉장히 막힌다는 말밖에 할 수가 없었다. 결국 기다리다 지친 친구는 미리 표를 발급받겠다는 말을 남기고 전화를 끊었다. 그런데 10분 후에 친구에게 다시 전화가 왔다.

"우리 예약 잘한 것 맞아?"

친구의 다급한 목소리에 나는 침착하게 대답했다.

"예약 잘 되어 있다고 문자로도 받았으니까 잘한 것 맞을걸?"

"지금 가서 여행사에 물어보니까 우리 이름으로 된 예약이 없다던데?"

"잠깐만 내가 한 번 전화해볼게."

도대체 무슨 일이지? 분명 제대로 예약을 했음에도 이름을 찾아볼 수 없다는 직원의 말에 우리는 모두 당황했다. 어차피 버스 안에 있었기에 침착한 마음으로 전화를 해보자고 생각해 전화를 걸었고 거기서 받은 상담사의 내용은 이러했다.

우리가 예약을 제대로 한 것은 맞으나 자기들의 실수로 인해 예약자 명단에 우리 이름을 넣지 못했다고 했다. 따라서 다음 시간으로 예약을 해드릴 테니 그 비행기를 타고 가시면 된다는 것이다.

지각할 수 있는 상황이어서 다음 비행기를 타는 것은 오히려 잘된 일이었지만 만약 내가 제대로 된 시간에 갔다면 한 시간을 넘게 기다렸어야 했을 것이다. 이런 일이 자주 발생하는 일이라고 나중에 친구들에게서 들었을 때는 그럴 수도 있구나라고 넘겼지만, 비행기를 많이 타보지 못한 나에게는 신선한 충격이었다.

결국 무사히 제주도에 도착해서 렌터카를 빌리는 곳까지 도착했다. 친구는 군대에서도 운전병이었다고 했고 운전을 오랜만에 하기는 했지만 자전거를 한 번 배우면 안 까먹듯이 운전도 비슷하다며 나를 안심시켜줬다. 많은 기대 속에 차를 빌리고 도로로 나가는데 이게 도저히 무슨 상황인가? 자동차 속도가 35km밖에 나오질 않는다. 처음에는 자동차가 문제 있나 했는데 친구가 겁이 나서 35km 이상을 밟지 않고 있는 것이었다. 뒤에서 차들은 우리를 피해 달리기 시작했고 렌터카 업체를 출발한 지 30분이 지났음에도 도착지에는 도저히 도착할 생각을 하지 않고 있었다.

출발한 지 1시간 20분이나 걸려 도착한 게스트하우스는 사진보다 더 분위기 있는 모습이었고 방 또한 괜찮았다. 또 저녁 9시에는 게스트하우스 사람들과 파티를 한다고 하니 꼭 나와달라는 사장님 말씀에 우리는 흔쾌히 알겠다고 하고 방으로 들어갔다.

원래는 짐만 놓고 바로 구경할 생각이었지만, 비행기에서 있었던 시간보다 차 안에서 있었던 시간이 너무 길었고 또 계속 긴장을 하고 와서인지 우리는 도저히 움직일 힘이 없었다. 결국 밤이 되도록 계속 휴식을 취하다가 우리는 조금이라도 돌아다녀 보자고 말을 하고 움직이기 시작했다.

가까운 여행지를 구경하고 야시장에 들러 딱새우랑 소주를 산 후 게스트하우스를 향해 가고 있었다. 제주도는 다른 지역보다 밤이 빨리 찾아왔고 생각보다 깊은 어둠 속에서 차를 운전하는 것이 굉장히 힘들었다. 그리고 골목길이 많아 좁은 지역을 이동할 때면, 손에 땀이 날 정도로 심장이 떨렸다. 혹시라도 외제차를 긁진 않을지 혹은 차가 심하게 손상되지는 않을지라는 온갖 생각 속에서 심장을 부여잡으며 얼른 게스트하우스에 도착하기를 바랐다.

하지만 우리의 예상이 들어맞기라도 한 듯 어떤 차를 부딪치고 만 것이다. 불행 중 다행인 것은 상대 차가 주차를 한 상태여서 사람이 다치거나 하는 일은 발생하지 않았지만, 렌터카 부분이 많은 손상을 입게 되었다.

바로 내려서 보험회사에 전화하여 즉시 해결을 해주기를 바랐고 능숙한 보험회사 직원분은 사고 난 상황을 빠르게 인지하고 쉽게 해결해주었다. 하지만 보험회사 직원분이 올 때까지 우리는 불안한 마음으로 벌벌 떨면서 기다려야 했고 또 비싼 돈을 배상해야 하는 건 아닐까 하는 두려움에 가만히 앉아 있지도 못했다.

다행히도 따로 추가금을 내거나 하는 일은 발생하지 않았지만 친구와 나는 차에 대한 공포가 생겨 그날 바로 차를 반납하고 게스트하우스까지 택시를 타고 들어왔다.

몸도 마음도 지친 상태로 돌아온 게스트하우스는 한창 파티가 진행되고 있었다. 사장님께서는 어서 파티를 참석하라고 말씀하셨고 우리는 너무 힘들어서 다음에 하겠다고 했다. 하지만 사장님께서 맛있는 음식을 준비했다는 말씀에 제대로 된 한 끼도 먹지 못한 우리는 발걸음을 돌려 파티를 참석하게 되었다.

파티는 20명 정도의 인원으로 이뤄지고 있었고 많은 음식과 함께 대화를 이어가고 있었다. 우리도 뒤늦게 참석한 것에 대해 인사를 건네고

자리에 앉았다.

어디를 구경했는지보다 우리가 왜 늦었는지에 대해 많은 시간 대화를 나눴고 많은 분들이 안 다쳐서 다행이라는 말씀만 해주셨다. 차 속도를 35km만 내면서 왔다는 얘기는 창피해서 도저히 할 수가 없었다.

한순간에 뚜벅이가 되어 내일 일정을 다시 짜야 하는 상황이었기 때문에 파티에 참석한 분들에게 내일 갈 여행지에 대해 추천을 받고 있었다. 그렇게 이런저런 얘기가 오가다가 우리의 여행 동기를 물어보게 되었고 시험의 합격을 해서 기쁨을 만끽하고자 여행을 오게 되었다고 설명했다.

여행을 오기 전까지는 우리 가족과 가까운 친척만 (필기) 합격한 것을 알고 있었기에, 아는 사람을 제외한 다른 누군가로부터 축하를 받아 본 것은 이번이 처음이었다. 파티에 있는 모든 사람이 축하를 해줬고 부럽다는 사람들도 많았다. 또 자기도 공무원 준비를 해 보고 싶다고 누구 강의를 들었냐는 등 어떻게 공부를 했냐는 등 여러 가지의 질문들이 오갔다.

합격이라는 것이 나 자신을 이렇게 바꿀 거라고는 어느 정도 예상을 했지만, 주변 사람들까지 이렇게 바꿀 것이라고는 예상하지 못했다. 아니면 요즘 공무원에 대한 인식이 많이 높아져서 인지도 모르겠다.

한 가지 확실한 것은 합격한 것 자체에 축하해주었고 고생했다는 말 해준다는 것이다. 나의 노력을 누군가가 인정해주는 것, 그것만큼 기쁜 것은 없었다.

오늘 하루, 비행기를 놓칠까 봐 걱정했고 혹은 예약이 잘못 되었을까 봐 걱정했다. 또 렌터카를 빌려 사고가 날까 걱정했고 사고가 나서도 걱정을 했다. 하지만 파티에 참석하면서 많은 사람의 축하를 받으니 지쳤던 모든 것들이 한순간에 사라지는 듯했다.

아직 최종합격을 한 것은 아니지만, 많은 사람의 축하를 받으니 내가 진짜 합격하긴 했구나 !라는 생각이 들었다.

또 소개팅해 줄 테니까 소개받지 않겠냐는 사장님의 권유도 있었다. 백수였던 지난 세월을 돌아보면 소개는커녕 친구도 되기 힘들었는데 합격이라는 작은 차이가 내 인생을 더욱 밝게 만들어주는 기분이었다.

파티가 끝나고 난 후에는 방으로 돌아와 친구와 기분 좋게 대화를 하면서 하루를 마무리했다. 정말 많은 일이 있었고 힘든 일도 많았지만, 여행을 오길 정말 잘했다는 생각을 다시 한번 하면서 잠자리에 들었다.

다음 날 아침 우리는 일찍 일어나 바로 택시를 불러서 다음 펜션이 있는 곳으로 향해 가고 있었다. 그런데 펜션이 굉장히 좁은 골목에 자리 잡고 있어서 택시기사님께서 들어가기가 힘들다고 말씀하셨다. 그래서 우리는 택시에서 내린 후 짐을 챙기고 펜션까지 걸어가야만 했다. 짐이 너무 많았기에 우리가 끙끙거리면서 짐을 운반하다가 택시기사님이 안타깝게 보셨는지 다시 짐을 넣으라고 하시고 타라고 말씀해주셨다.

우리는 택시기사님께 감사의 표시를 하며 다시 타고 가고 있는데, 정말 무슨 악운이 껴있는지 택시기사님께서 운전하시다가 골목에 주차되어있는 차를 긁은 것이다. 우리는 정말 당황한 얼굴로 서로를 쳐다보면서 택시기사님을 따라 내렸다. 택시 기사님께서는 굉장히 화를 내시면서 보험회사에 전화하셨다. 우리는 우리가 잘못한 것은 없지만 우리를 태워주시다가 발생한 사고였기에 죄인처럼 조용히 서 있었다. 그런데 일이 여기서 끝난 것이 아니었다.

택시기사님이 긁은 차가 바로 펜션 주인의 차였는데 그 차가 외제 차였고 가격이 엄청나게 나온다는 사실을 듣게 되었다. 그 말을 들은 택시기사님은 더욱 화를 내셨고, 펜션 주인도 사과보다 화를 내는 택시기사님에게 화가 나셨다. 그걸 지켜보고 있는 우리는 아무 말도 없이 서 있을 수밖에 없었다. 왜냐하면 아직 택시비도 지급하지 않았기 때문에 택시기사님이 진정하시기만을 기다릴 수밖에 없었다. 근데 상황이 진정되기보다는 더욱 심각해졌고 동네 사람들이 모두 나와 구경할 정도였다.

택시기사님의 주장은 이렇게 좁은 길에 차를 이런 식으로 주차를 하는 것은 불법 주차니까 자신은 죄가 없다는 주장을 했고, 펜션 주인은 자신의 펜션 앞에 자기가 주차를 한 것이고 그리고 주차를 한 차의 상태도 전혀 이상이 없다고 주장했다.

시간은 한 시간 두 시간 계속해서 흘러만 갔고 우리는 짐도 두지 못한 채 밖에서 계속 서 있을 수밖에 없었다. 결국 보험회사 직원과 경찰이 모두 온 후에야 상황이 진전되었고 우리는 택시비 지급을 완료한 다음 펜션에 들어가게 되었다. 이미 점심시간은 훌쩍 넘긴 시간이었고 그날 한 끼도 제대로 먹지 못한 우리는 급하게 앞에 있는 식당에서 밥을 먹었다.

친구와 아무 말도 없이 밥만 먹었다. 어제 오늘 교통사고가 두 번이나 일어난 충격에 우리는 밥도 제대로 넘어가지 않았다. 그런 침묵 속에서 친구가 한마디 했다.

"형, 이제 버스도 타지 말자."

친구 말에 웃음바다가 되었고 다시 힘을 얻어 즐겁게 여행을 하기로 했다.

멀리 나가기보다는 가까운 시내를 걸어 다니면서 구경했고 맛집보다는 펜션 앞에 있는 식당에서 끼니를 해결했다. 결국 우리가 계획한 대로 된 것은 하나도 없었지만, 나름대로 추억에 남을 만 한 여행이었다고 생각하기로 했다.

모든 여행 일정을 마치고, 서울로 돌아가는 비행기에서 친구가 내게 말했다.

"그래도 합격이 좋긴 좋구나?"

"무슨 말이야?"

"형 공부할 때 말은 안 했지만 굉장히 예민했어."라고 말하는 친구 말에 꽤 놀랐다.

"……."

"합격하니까 다시 예전의 형으로 돌아온 것 같아서 다행이야. 이제는 좀 더 여유 있게 살자."

친구의 말을 듣고 많은 생각을 했다. 공부하면서 놓쳤던 것들, 바로 사람이다. 합격하면 다 돌아올 거야라는 내 믿음은 하나도 맞지 않았다. 결국 떠나간 친구들은 다시 돌아오지 않았다. 돌아온 친구들은 극소수이다. 나의 입장이 아닌 상대방의 입장에서 생각해 보면 자주 만나던 친구가 몇 년씩이나 잠수를 탔고 연락이 없었으며 메신저로 대화를 하려 해도 답장도 하지 않은 것이다. 그래놓고 이제 합격했으니 돌아오라고 말하는 것은 너무 이기적인 생각이었다.

그런데도 옆에서 항상 응원해준 이 친구가 너무 고맙고 미안했다. 공부할 때는 보이지 않던 것들이 합격하니 점차 보이기 시작했다. 그동안에 내가 얼마나 여유가 없었는지를.

이번 여행을 통해서 많은 것들을 느끼고 배웠다. 여행은 평소에 내가 죽고 다른 내가 태어나는 것이라고 한다. 일상생활을 하던 나는 잠시 사라지고 일탈하는 내가 나타난다. 평소와 다른 모습에서 새로운 것을 배우고 일상 속에 내가 사라짐으로써 나라는 존재의 가치를 느낄 수 있는 것이 여행이다. 일상에 지칠 때는 여행만한 것이 없는 것 같다.

하지만 교통사고가 두 번이나 난 지금과 같은 여행은 다신 하고 싶지 않았다.

최종합격을 기다리며

　여행을 마치고 돌아온 일상은 여전히 빛났다. 모든 친척이 나의 1차 합격 소식을 들었고 여기저기서 축하가 계속 이어졌다. 어머니가 아프신데 나라도 합격해서 다행이라는 얘기를 가장 많이 들었고, 열심히 노력해서 이룬 결과라는 말도 많이 들었다. 비록 공부하는 동안에는 친척들의 말 한마디 한마디가 상처였지만, 이렇게 합격을 하고 나니 그때의 상처들은 모두 거짓말처럼 사라졌다. 그저 내가 합격했다는 이 사실을 즐기고 싶었다.

　합격하기 전과는 너무나도 다른 일상에 나는 행복함을 감출 수가 없었다. 그동안 느껴보지 못한 성취감과 또 이 성취감을 느끼기 위해 노력했던 시간들이 나의 머릿속에서 스쳐 지나갔다. 놀고 싶어도 놀지도 못했고 인간관계도 제대로 챙기지 못해 주변에 남아 있는 사람들도 얼마 없었다. 건강도 잃어가면서 준비했던 시험이 드디어 끝을 봤다는 생각에 이렇게 홀가분할 수가 없었다.

이렇게 하루하루를 행복함에 취해 보내다 보니 시간은 빠르게 흘러갔고 어느새 최종합격 발표날은 하루 앞으로 다가왔다. 집에서 아무것도 안 하면서 최종합격 날짜만을 기다리니까 긴장감은 날로 심해졌고, 혹시나 떨어지면 어떡하지? 라는 두려움만 생길 뿐이었다. 그래서 이런 긴장감을 덜고자 단기 아르바이트를 구하자는 생각을 하게 되었다. 일이라도 하면 긴장감으로부터 해소될 거라고 생각했고 더 나아가 최종합격이 될 경우 신나게 놀고 싶었기에 미리 돈을 벌어두고 싶었다.

할 일 없이 집에만 있는 것이 공부할 때는 가장 하고 싶었던 일이었지만, 막상 시험이 끝나 집에만 있으니 너무 심심했다. 이렇게 집에서 쉬는 날이 다시는 오지 않을 것 같았다. 어쨌든 일하기 위해 본 시험이었고 곧 합격을 앞두고 있다고 생각하니 쉴 수 있을 때 정말 신나게 놀고 싶다고 생각을 했다.

하지만 놀려면 역시 돈이 필요했고 그 돈을 벌기 위한 아르바이트를 구하게 되었다. 이왕 일하는 거 재밌게 일하자. 그리고 너무 조용한 곳에서 공부만을 했으니 사람이 좀 많은 곳에서 일을 해보자고 생각하여 용인에 있는 민속촌에서 근무하게 되었다. 민속촌에서 내가 담당하는 일은 간단한 일이었다.

과거 아이들이 다른 집의 벨을 누르고 도망가는 일이 많았는데 그것을 현대의 관점에서 재구성하여 남녀노소 상관없이 민속촌에 있는 집의 벨을 누르고 도망가는 이벤트를 하는 것이다. 거기서 내가 할 일은 혹시 벨을 누르고 도망가는 도중에 넘어지거나 다른 사람과 부딪히는 일이 없도록 보호해주는 안전요원이었다.

일은 어렵지 않았고 사람들이 다치지 않도록 보호하는 역할이라 나름 자긍심을 갖고 일을 했다. 또 일이 끝나면 달고나를 만드는 팀과 또 문방구에서 일하는 팀에게 다가가 부족한 물건이 있는지를 물어보고 그런 것들을 보충하는 일을 했다. 처음에는 공부만 한 내가 일을 잘할 수 있을지 또 나이가 많기 때문에 다른 사람이 나를 너무 어렵게 생각하진 않을지에 대한 걱정이 있었다. 하지만 다들 따뜻하게 다가와 줬고 덕분에 편하게 일할 수 있었다.

한 가지 놀라운 점은 같이 일하던 친구 중에도 공무원을 준비하거나 할 생각을 하는 사람이 많다는 것이었다. 뉴스에서 보던 것처럼 공무원을 준비하는 사람이 점차 늘어나고 있는 것을 몸소 느꼈다. 앞으로 시간이 더 흐르게 된다면 지금보다 더 많아질 것 같다는 생각을 했다.

일하다가 쉴 때는 나에게 다가와 공무원 합격하는 비법을 알려달라고 하거나 누구 강의를 들었는지 혹은 어떻게 공부를 해서 합격했는지에 대해 종종 묻고는 했다. 아직 최종합격을 한 것은 아니지만 정말 공무원이 된 것처럼 신나서 가르쳐줬던 기억이 있다.

예전에는 밖에 나가는 것이 무서웠고 다른 사람과의 만남이 어색하고 싫었지만 시험에 붙고 나니 누구를 만날 때에도 혹은 어떤 일을 할 때도 뭔지 모를 자신감이 생겼다. 그것이 공무원이라서가 아니라 내가 노력한 것에 대한 보상을 받았기에 생기는 자신감이라 생각한다.

민속촌 아르바이트를 그만두기 며칠 전, 드디어 고대하던 최종합격 결과가 나오는 날이다. 여기서 합격을 해야 최종 합격이 되는 것이기에 정말 떨리고 긴장되는 날이었다. 합격한 사람은 굳이 인터넷으로 검색하거나 확인할 필요 없이 바로 문자로 받아 볼 수 있다. 그렇기 때문에 지정된 시간에 문자가 안 오면 떨어질 것이라고 추정할 수 있다.

나는 핸드폰에 문자 알림 소리를 최대한 크게 틀어놓고 이불 속에서 두근두근하면서 연락을 기다렸다. 집은 조용했고 가족들도 고요함을 느끼며 연락을 기다리고 있었다. 하지만 지정된 시간이 되었음에도 연락은 오지 않았다.

왜 연락이 안 오지? 라는 생각에 공무원 커뮤니티에 들어가 다른 사람은 연락이 왔는지 확인했지만 다행히 다른 사람들도 연락이 오지 않았다. 많은 사람에게 연락을 보내다 보니 조금 늦는 거라고 생각을 하고 기다림의 기다림을 계속했다. 4분 정도 지났을까? 갑자기 우렁찬 소리로 문자메시지 알림 소리가 울렸고 바로 확인해서 최종합격했다는 문자를 받았다. 그 당시의 기분은 너무 행복해서 날아가고 싶다는 생각보다는 안도감이었다. 정말 다행이다! 라는 말만 반복할 뿐이었다.

1차 합격을 했을 때의 감정은 세상을 다 가진 것과 같은 행복이었다면 최종합격은 안도감이 가장 컸다. 혹시라도 최종합격이 안 되었다면, 스터디원들이나 가족들에게 무슨 말을 하기가 민망했고, 무엇보다도 1차에서 떨어졌을 때보다 충격이 더 클 것 같았다. 하지만 다행히도 무사히 최종 합격을 했고 이 합격을 같이 준비한 스터디원과 그리고 가족들과 함께 즐기면서 하루를 보냈다.

최종합격을 해도 뚜렷하게 달라지는 것은 없었다. 이미 높은 점수로 1차 합격을 한 것이 거의 최종합격을 말하는 것이기에 주변의 반응이나 혹은 나 자신의 감정이 크게 달라지지는 않았다. 게다가 최종합격을 해도 당장 취직을 하는 것이 아니라 보통 10월은 넘어가서 발령이 나기 때문에 아직 6월이던 그때는 어제의 일상과 다름없는 일상만이 계속될 뿐이었다.

나의 2019년, 정말 힘든 한 해였다. 3월에 농장에 불이 났고, 얼마 지나지 않아 어머니는 위암 판정을 받으셨으며, 4월에 나는 시험을 봤다. 드디어 6월에 최종 합격을 하였다. 다시 안정적인 생활을 되찾기 시작했다. 비록 여전히 가정형편은 어려웠고 어머니는 아직도 항암치료를 견뎌내고 계시지만 아들의 합격으로 인해 우리 가족은 조그마한 희망을 보게 되었다. 이것 하나만으로도 우리 가족을 웃게 할 수 있는 힘이 되었고 항암이라는 지옥 같은 고통에서도 어머니가 웃으면서 생활하실 수 있는 원동력이 되었다.

처음에는 합격이라는 것이 나의 가장 큰 기쁨이 되리라 생각했는데 합격하고 난 후 느낀 감정은 기쁨이라는 것이 나만의 것이 아니라 나를 응원해준 모든 사람들의 것이라는 걸 느꼈다.

이러한 기쁨들과 함께 민속촌 아르바이트를 하다 보니 주변 사람들도 나를 긍정적인 사람으로 평가하기 시작했고, 사람들이 하나둘씩 모여들기 시작했다. 공부하면서 멀어졌던 그리고 끊어졌던 인간관계가 합격 후에 새로운 인간관계로 대체되기 시작했다. 예민했던 감정들도 점차 사라지고 인생의 여유가 생기기 시작했고 미시적으로 세상을 바라보다가 거시적으로 세상을 바라보기 시작했다.

하지만 한 가지 답답했던 문제는 바로 발령 날짜다. 경찰행정은 올해 처음 생긴 직렬이다 보니 다른 직렬과는 다르게 몇 월에 임용이 된다, 또 언제 연수원을 간다라든지 이런 것들이 전혀 알 수가 없었다. 대체 언제 발령이 나는지, 연수원을 가기는 하는지 등 하나도 확실한 게 없었다. 앞으로 여행 계획을 짜기가 겁이 났고, 또 아르바이트 또한 구하기가 힘들었다. 게다가 주변에서 그럼 언제부터 일하니? 라는 질문에 뚜렷한 대답을 할 수가 없었고, 나 스스로조차도 합격을 한 건 맞는지에 대해 의문을 가질 정도였다. 그 정도로 아무런 연락이 없었기에 답답한 마음으로 하루하루를 보내고 있었다.

이렇게 무의미하게 하루를 보내던 중, 핸드폰에 문자가 도착했다. 경찰청에서 온 문자였다. 연수원을 진행하려 했으나 여건이 안되어 취소되었다고 한다. 그리고 자신이 가고 싶은 지역의 1지망, 2지망, 3지망을 적는 조사를 곧 할 것이니, 조금만 기다려달라고 문자가 온 것이다. 드디어 내가 일할 장소가 어느 정도 결정된다는 것에 흥분했다. 어떤 식으로 결정할지에 대해 인터넷에서 조사를 해봤는데 대부분 성적순으로 일할 장소가 정해진다고 한다. 예를 들면 1지망을 서울로 정했다면, 1지망을 서울로 선택한 합격생들과 점수로 비교해 높은 순으로 배정이 되는 것이다. 그래서 1지망을 높은 곳으로 하고 2지망을 그다음 곳으로 하는 식으로 적으면 되는 것이다. 나는 수원에서 살기 때문에 1지망을 경기 남부로 했고 2지망을 경기 북부 3지망을 인천으로 했다. 사실 경기 남부를 제외한 다른 곳은 의미가 없었기에 아무 데나 적은 것이다. 서울은 워낙 경쟁률이 치열할 것 같아 피했던 것도 있었다.

자신이 어느 정도까지 갈 수 있는가는 합격 결과를 보면 알 수 있다. 거기에 자신의 등수까지 어느 정도 나오기 때문에 참고하여 정할 수 있다. 필자는 160등 정도여서 약 상위 40%였다. 높은 편도 아니어서 1지망을 경기 남부로 안전하게 쓴 것이다.

익명 단체 메신저 방에서 조사한 적이 있는데 서울과 부산이 가장 인기가 많았다. 서울과 부산을 제외하고는 어느 정도 선호도가 비슷했기에 자신의 집과 가장 가까운 곳을 정하는 것이 유리해 보인다. 그리고 지망서와 함께 건강검진을 해야 한다. 자신의 몸 상태가 공무원을 하기에 적합한지를 알아보기 위해서인지 건강검진을 필수로 내야 하므로 건강검진을 받으러 병원에 가야 한다.

공무원 관련 건강검진이 가능한 병원에 가서 해야지 안 되는 병원에 가서 하면 의미가 없다. 그래서 미리 병원에 전화해 보고 공무원 관련 건강검진을 받으려고 하는데 가능한지 물어봐야 한다. 이것과 함께 제출해야 할 서류를 모두 제출했다면 다시 기다림이 반복된다. 제출된 서류를 가지고 검토해서 또 순위를 매기고 확정이 되면 연락이 오기 때문이다. 필자의 경우는 거의 10월 정도에서야 경기 남부로 배정이 되었다는 연락을 받았다. 6월에 최종합격을 했으니 총 4개월이라는 시간이 걸린 것이다.

지방직 공무원과는 다르게 국가직 공무원은 이렇게 기다리는 시간이 길기 때문에 자신이 국가직 공무원에 올인하는 사람들은 꼭 참고해야 한다. 필자의 경우는 합격한 후에 어떤 것을 할지에 대해 아무 계획을 짜놓지 않았기 때문에 합격하고 나서 의미 없이 보낸 하루들이 너무 많았다. 공부하다가도 혹시 공부에 집중이 안 될 때면 합격한 후에 어떤 생활을 하면서 보낼지 한 번쯤 생각하는 것도 공부함에 있어 더욱 자극되고 의지를 불태울 수 있는 촉진제가 될 거라고 생각한다.

이렇게 모든 절차가 끝이 나면 위에 말했듯이 이제는 기다리는 일밖에 남지 않는다. 그래도 다행인 것은 12월 13일 정도에 발령이 날 것이라는 공지도 있었기에 12월까지는 안전하게 계획을 짤 수 있었다. 다만 12월까지 또 어떤 일을 하며 보내야 할지에 대한 걱정이 앞섰다.

최종합격 후 돌아보는 3년

최종 합격을 한 후 3년간의 공부한 책을 정리하면서 느낀 것들이 있었다. 정말 수많은 책들을 샀지만 한 권도 제대로 본 것이 없다는 생각이 제일 먼저 들었다. 7급 감사직부터 9급 공무원까지의 책 가격만 따져도 몇백만 원이 될 정도로 많이 샀다. 항상 쓰면서 암기를 하므로 공책과 펜에 들어간 돈 또한 어마어마했다. 결국엔 합격했으니 이렇게 말할 수 있는 것이지만, 이제는 어느 정도 경제적인 여유가 없으면 시험 하나 준비하기도 힘들다는 것을 깨달았다. 인터넷 강의 가격도 몇백만 원이나 하므로 강의와 책 가격을 합치면 보통 가격이 아니다. 그렇기에 가장 효율적이고 경제적으로 공부하는 것이 필요하다.

내가 생각하기에는 필기 노트라는 요약집보다는 기본서와 기출문제집이 가장 효율적이라고 생각한다. 필기 노트라는 것이 결국 기본서를 요약한 것이기 때문에 기본서가 있음에도 굳이 필기 노트를 사는 것이 돈이 아깝다. 게다가 필기 노트에 없는 내용이 문제로 나올 경우 대비하기가 힘들기 때문이다. 만약 장거리를 이동해야만 하는 경우에는 필기 노트가 유용할 수도 있지만 도서관과 독서실에서 공부한다면 굳이 필기 노트보다는 기본서로 공부하는 것이 효율적이라고 생각한다. 갈수록 시험문제는 어려워지고 있고 어디서 문제가 나올지 전혀 예측할 수 없기 때문에 조금이라도 더 공부하는 것이 결국 합격으로 이끌어준다고 생각한다.

기본서가 너무 두꺼워서 다 보기가 힘들다고 느껴진다면 자신이 외운 부분을 X표 치면서 외울 내용 들을 차근차근 줄여나가는 것도 좋은 방법이다. 확실하게 외운 부분을 X표 치면서 못 외운 부분들을 더 중심적으로 공부하는 방식이다. 이렇게 공부하다 보면 나중에 시험을 앞두고 금방금방 볼 수 있고 모르는 부분만을 중점으로 보니 효율적인 공부 방법이라 할 수 있다.

그리고 기본서에서 놓친 부분이 있다면 기출 문제집을 사서 복습하는 방식으로 이용한다면 더 효율적인 공부를 할 수 있다. 아무리 기본서를 다 외워도 문제를 보면 틀리는 학생들이 꼭 있다. 물론 필자도 기본서를 다 외웠다고 자신만만했지만, 결국 문제를 보면 기억이 안 나 틀린 경우가 많다. 그런 문제들을 별표 치면서 기억해두고 생각날 때마다 푸는 습

관을 기르는 것이 중요하다.

많은 문제를 풀기보다는 확실하게 한 문제라도 알아가는 것이 공무원 시험에서는 중요하다. 새로운 문제가 나온다고 해도 결국 보기는 아는 지문이 나올 수밖에 없으니 소거하는 방식으로 풀어야 한다.

이렇게 공부하면 장점이 크게 두 가지가 있는데 첫째는 복습을 두 배로 할 수 있다는 점이다. 기본서로 아침에 복습했다면 오후에 기출 문제를 푸는 것이다. 그러면 복습한 내용이 기출문제에 그대로 적용되어 나올 것이고 아침에 외운 내용을 다시 한번 테스트할 수 있기 때문이다. 그리고 두 번째로는 기본서와 기출문제를 반복하다 보면 웬만한 문제들은 저절로 암기된다. 따라서 실제 시험문제가 쉽게 나오더라도 당황하지 않을 수 있다. 기존의 기출문제에서 다 봤던 내용이기에 실수가 줄어들고, 아는 문제는 확실하게 맞힐 수 있기 때문이다. 이처럼 기본서와 기출문제집에 충실히 공부한 다음 시간이 남을 경우에는 모의고사로 넘어가는 것이 좋다.

모의고사는 비록 기출 문제가 아닌 인터넷 강의 선생님이 만든 문제지만, 기출 문제에 없는 내용도 공부하면서 모르는 문제가 나왔을 경우에 대한 대비를 할 수 있기 때문이다. 모의고사 점수가 안 좋게 나오는 것은 중요하지 않지만, 모르는 문제가 나왔을 때 그냥 모르니까 틀려야겠다는 생각보다는 이런 상황에도 어떻게 답을 내야 할까 라는 자신만의 팁을 만드는 것이 중요하다. 필자의 경우는 한국사에서 모르는 문제가 나오면 연대별로 혹은 시대를 구분하여 하나만 다른 시대이거나 아니면 하나만 다른 연대일 경우 그것을 답으로 찍는 방식으로 문제를 푼다. 이렇게 과목마다 모르는 문제가 나오더라도 답을 내는 자신만의 팁을 만드는 것이 중요하다. 올해 2019년 시험이 쉽게 나오기는 했지만 점수가 잘 나올 수 있었던 것은 모르는 문제가 나와도 이런 방식으로 문제를 풀었기 때문이라고 생각한다. 그래서 시험이 끝났을 때는 느낌이 안좋았지만 결국 이런 방식으로 문제를 맞혀서 최종 합격할 수 있었다고 생각한다.

더 자세한 공부 방법을 말하기 전에 필자의 공무원 합격점수는 조정점수까지 포함해 414점이었고 국어 90점, 영어 100점, 한국사 100점, 행정학 85점, 행정법 70점이었다. 조정점수가 조금 낮게 나와 아쉬웠지만 공통과목을 잘 본다면 조정점수가 조금 낮게 나와도 충분히 합격할 수 있다. 조정점수는 과목마다 상대점수를 통해 점수를 조정하는 방식이다. 그래서 100점이 많을 경우 그만큼 점수는 내려간다. 하지만 난도가 높은 시험이라면 100점을 맞을 경우 70점 이상의 점수를 낼 수 있어서, 이왕이면 난도가 높은 과목을 선택하는 것이 나중에는 유리하다.

처음 9급 시험을 준비할 때는 쉬운 과목을 선택하려고 했으나 자세히 알아보니 난도가 조금 높은 과목이 더 좋을 거로 생각했다. 그 이유로는 난도가 조금 높은 시험을 선택할 경우 설령 80점대 점수를 맞아도 상대적으로 쉬운 과목 90점과 비슷한 점수를 맞기 때문이다. 이러한 문제 때문에 9급 과목은 전략적으로 선택해야 한다. 그리고 조금 공부할 때 힘들더라도 난도가 높은 과목을 선택하는 것이 상대적으로 유리하다고 볼 수 있다. 게다가 조만간 사회와 같은 과목이 사라지기 때문에 지금이라도 행정학을 선택하는 것이 더 유리하다고 할 수 있다.

행정학은 공무원에게 필수적인 지식을 알려주기 때문에 나중에 일할 때도 많은 도움이 될 수 있다. 게다가 행정학은 어려운 과목으로 알려져 점수를 80점대를 맞아도 사회의 90점대와 비슷한 점수로 조정될 수 있다.

이렇게 최종합격을 마치고 책을 정리하면서 돌이켜 본 수험생활은 너무나 빠르게 지나갔다. 한순간 한순간은 시간이 느리고 더뎠지만 합격한 지금에 수험 생활은 허무함만을 가져다줬다.

20대에 준비하던 시험이 순식간에 30대가 되었다. 20대라는 다시 오지 못할 나이를 희생해서 얻은 값진 합격이기에 너무나도 소중하지만 지나온 수험생활은 이렇다 할 추억하나 없는 허무함뿐이었다.

단기로 합격하면 그보다 좋은 일은 없겠지만 지금 같은 만족감을 얻기는 힘들었을 것이다. 만약 내가 9급을 바로 준비해서 단기로 합격했다면 나는 이 합격에 만족하지 못하고 7급을 다시 도전했을 것이다. 7급에서 계속되는 불합격 속에 다시 9급으로 돌아온다면 9급에 대한 직무만족도는 굉장히 낮았을 것이다. 하지만 지금 나에게 이 최종 합격은 힘들게 얻은 결과물이기에 처음 시작을 7급으로 준비를 했음에도 9급에 대한 합격이 정말 소중하고 가치 있다고 느꼈다.

어느새 책 정리를 마치고 나니 내가 진짜 합격을 했다는 것을 다시 한번 실감하게 되었다. 이렇게 많은 책을 공부하면서 시력도 나빠지고, 인간관계도 예전보다 안 좋아졌으다. 20대만이 할 수 있는 추억들을 남기지 못한 것에 대해 아쉬움도 있었지만, 앞으로 만 60살까지 미래를 보장해주는 직업을 얻었다는 것에 소소한 위로를 하며 미소를 지어 보였다.

또다시 아르바이트

최종 합격 결과를 듣고 일주일이 지난 후 12월까지 뭘 하면서 보내야할지에 대해 진지하게 고민을 해봤다. 예상치 못한 휴가를 얻었기에 최대한 시간을 효율적으로 쓰고 싶었다. 하지만 무엇을 하든지 결국 돈이 필요했고 제일 먼저 알아본 것은 역시 아르바이트였다. 나이도 많고 이렇다 할 아르바이트 경력도 없어서 그런지 여러 군데에 아르바이트를 넣어 봤지만 연락은 오지 않았다.

그렇게 시간이 조금 흐른 뒤에 누나가 집에서 쉬고만 있을 거면 조카들 데리고 놀러라도 가자 해서 무작정 애니멀 테마파크라는 곳에 가게 되었다. 평소 동물에 관심이 많았던 나이기에 실내에서 많은 동물을 볼 수 있다는 것에 감격했고 어린 조카들보다 더 신나게 구경했다. 거기에서 일하는 아르바이트생들도 표정이 밝고 재밌게 일하는 것 같아 나도 이런 데서 한 번 일을 해 보고 싶다는 생각을 했고 집에 오자마자 혹시 인원을 모집하는지부터 알아봤다. 마침 영등포에 새롭게 오픈하는 곳이 있어 인원을 모집한다는 글이 있었고 바로 지원을 하고 다음 날에 면접을 보러 갔다. 공무원 면접을 열심히 준비한 다음이라 그런지 아르바이트 면접은 하나도 떨리지 않았고 자신감 있게 잘 대답해 무사히 합격을 할 수 있었다.

공부만 하던 나에게 민속촌에서 일한 경험은 또 다른 일을 할 만한 자신감을 줄 수 있었고 또 자신도 어떤 일이든 열심히 할 자신감이 있었다. 게다가 몇십 군데를 지원한 끝에 얻은 아르바이트 자리여서 그런지 의욕도 많았다.

모든 것이 낯선 환경이었고 또 새로운 근무였지만 최선을 다하겠다는 다짐을 한 채 첫 근무에 들어갔다. 첫 근무는 오시는 손님들에게 동물들에 관해 설명하는 것이었다. 어려운 일은 아니지만 누군가에게 자신 있게 설명을 하려면 개인적으로도 그 동물에 관해 공부해야 한다. 그래서 공무원을 준비했을 때처럼 이동하는 지하철에서 소개해야 할 동물들에 관해 미리 검색하고 조사해서 근무를 들어갔다. 잘못된 정보를 알려 드리는 것만큼 잘못된 일은 없기 때문에 항상 정확한 정보로 오시는 손님들에게 동물들에 관해 설명하고자 노력했다. 그 노력을 알아주셨는지 오시는 분마다 환한 미소로 동물에 관한 얘기를 들어주셨고 아이들 또

한 내가 하는 말에 더 귀를 기울여 들어주었다. 온종일 서 있어야 해서 쉬운 일은 아니었지만 새로운 사람들과 만나 같이 일을 할 수 있다는 것이 나에겐 큰 기쁨이었고 오히려 이렇게 아르바이트를 할 때마다 공무원이 합격했다는 사실을 더욱 크게 느낄 수 있었다.

나보다 한참 어린 친구들과 같이 일을 하면서 깨달은 점은 나이는 정말 숫자에 불과하다는 것이다. 나이가 어려도 배울 점이 정말 많이 있었다. 마냥 놀기만 좋아하던 나와는 다르게 일찍부터 아르바이트를 하면서 일하는 모습은 어른스러워 보였다. 만약 아르바이트를 하지 않고 집에서 쉬면서 보냈다면 이러한 깨달음 얻지 못했을 것이고 막상 발령이나서 근무를 하게 될 때 일에 대한 자신감이 떨어지거나 혹은 일하는 것이 귀찮게 다가왔을 수도 있겠다는 생각을 했다.

일한 지 3개월이 지났을 때는 어느 정도 일에 대해 익숙해졌다. 손님들 앞에서 동물 친구들을 소개하고 설명하는 것이 자연스럽게 나오기 시작했다.

하지만 일하는 것이 익숙해짐과 동시에 요령을 피우는 것도 점차 늘어나기 시작했다. 처음 들어왔을 때처럼 열심히 일하기보다는 자꾸 요령을 피우게 되었다. 그런 것들이 점점 쌓이고 나도 모르게 뺀질거리는 모습들이 보이면서 매니저님에게 한번은 크게 혼이 난 적이 있다. 그때는 나름 열심히 한다고 생각을 했고, 손님들도 나를 좋게 봐줘서 혼나는 것에 대해 이해를 하지 못했는데 시간이 지나 새로운 아르바이트생이 들어오고 그 친구 또한 나처럼 적응하는 과정에서 요령 피우는 것을 직접 목격하고 나니 내가 저래서 혼났구나 라는 생각을 했다. 만약 이렇게 아르바이트를 하지 않은 채 바로 공무원 업무에 들어가서 요령을 피웠다면 크게 미움을 받았을 거라고 생각한다.

이런 경험들이 나에겐 너무 소중했다. 사회생활이 어떤 것인지를 잠시나마 느낄 수 있는 순간이었다. 또 기나긴 발령 기간을 집에서만 있었다면 하루하루가 빨리 지나가기를 바랐을 텐데 이렇게 일하면서 시간을 보내다 보니 하루가 재밌었다. 조금이라도 지금 하고 있는 일을 더 했으면 좋겠다는 생각을 했다. 너무 좋은 사람들과 좋은 곳에서 일을 할 수 있다는 것이 이렇게 행복한 일인지 몰랐다.

공무원 시험에 합격하고 시작한 아르바이트는 어느새 단순한 돈을 벌기 위한 수단이 아닌, 앞으로 공직생활을 함에 있어 미리 배우는 예습과도 같았다. 나보다 어린 사람들과도 편하게 생활을 해야 하며 나이 많은 분들에게도 어느 정도의 선을 지키면서 관계를 유지해야 한다는 것을 배웠다. 많은 것들을 배울 수 있었던 아르바이트였기에 그만둘 때는 가장 여운이 많이 남았다.

애니멀 테마파크에서 일을 같이한 친구들은 내게 묻는다. 이제 공무원이 되었으니, 인생이 핀 것 아니냐고. 하지만 나의 인생은 끝이 아니라 시작이다. 공무원으로 시작해서 끝은 뭐가 될지 아무도 모른다. 그러기에 매일 매일을 노력하고 최선을 다하면서 살아야 한다. 지금 가장 큰 목표는 투자에 관한 공부를 하고 싶고 또 노래도 배우고 싶다.

투자는 이제는 필수가 되어버린 시대라고 생각하기에 처음부터 천천히 배우고 싶고, 노래는 나 스스로가 가장 못 하는 것으로 생각해서 단점을 장점으로 바꾸기 위해 배우고 싶다. 이렇게 공무원 합격을 끝으로 나의 배움은 끝나지 않았고 오히려 그동안 배우지 못한 것들에 대한 갈망만 커져서 앞으로 배우고 싶은 것들이 너무나도 많이 남아 있다.

최종 합격 후에 아르바이트는 이렇듯 나에게 많은 것들을 가르쳐 줬으며 소중한 만남을 가져다주었다. 아르바이트를 모두 그만둔 지금도 같이 일한 사람들과 연락을 하면서 가끔 만나 밥을 먹기도 한다.

혹시 이 책을 읽는 독자분들 중에도 나중에 최종합격을 한다면, 단기 아르바이트를 하는 것을 추천해 드린다. 놀기만 할 때는 느끼지 못하는 새로운 감정을 느낄 수 있고, 미리 일함으로써 사회 생활을 예습할 수 있기에 더욱더 좋은 경험이 되리라고 생각한다. 게다가 인맥을 늘릴 수 있는 가장 좋은 방법은 아르바이트라고 생각한다.

모든 준비를 마치고

2019년 11월, 모든 아르바이트를 종료하고, 이제는 12월 13일이 되기만을 기다리며 이렇게 책을 쓰고 있다. 이렇게 책을 쓰게 된 계기도 우연히 찾아왔다. 공무원 시험을 1차 합격한 날부터 블로그를 운영하기 시작했다. 블로그의 가장 중심이 되는 주제는 나의 감정과 일상을 공유하는 것이며 또 새롭게 도전하는 공무원 준비생들을 위한 정보를 남기는 것이다. 이러한 글들을 남기면서 블로그를 운영하다가 뜻하지 않게 출판사에서 연락을 받아 이렇게 책을 내게 되었다. 이 책을 통해 내 인생이 어떻게 변할지는 모르지만 모든 것에 최선을 다하다 보면 내가 생각하지 못한 곳에서 새로운 기회가 생기는 것 같다. 그렇기 때문에 나는 공무원 합격을 시작이라고 생각한다. 또 그런 시작을 잘하기 위해서는 앞으로 기간에도 또 매 순간에도 최선을 다 해야 한다.

수험기간은 지독히 외로웠고 놀고 싶었으며 하루하루가 작은 공간에서 작은 책만을 바라보며 살았다면 합격한 지금은 넓은 세상에서 더 넓은 곳을 보며 살아가고 있다. 많은 사람들을 만나며 매일 새로운 것을 배우고 또 그동안 하지 못했던 것들을 해보면서 새로운 경험을 쌓고 있다.

합격이 모든 것을 해결해주지는 않는다. 지나간 인연들을 다시 만나게 해주지도 못하고 잃어버린 시력을 회복시켜주지도 못한다. 또 나의 지나간 20대를 보상해주지는 않는다. 하지만 앞으로의 미래를 보상해준다. 내가 합격을 함으로써 내 미래는 보다 안정적으로 바뀌었다. 그리고 가장 중요한 건 마음이 바뀌었다. 예전엔 내가 할 수 있을까? 라는 마음에서 지금은 어떤 일이든 노력을 한다면 할 수 있을 것 같은 마음이 생겼다. 그렇기에 내가 공부를 하는 데 썼던 3년이라는 시간이 너무 가치가 있고 또 그 가치를 더욱 빛내기 위해서 앞으로도 최선을 다해서 살아갈 것이다.

취업에 대해 어떠한 생각도 없었고 또 가진 것도 없었으며 아는 것도 없었다. 하지만 우연히 들은 친구의 공무원 준비 소식은 나에게 새로운 꿈을 가져다주었고, 그 꿈은 두 번이나 좌절이 되어 결국 포기하게 되었지만, 그 포기 끝에 얻은 새로운 직업이 나에게 합격을 가져다주었다.

공부하면서 많은 시련도 있었고 고민도 있었지만, 이와 다르게 또 즐거움도 있었다. 강의를 들으면서 선생님이 해주시는 재밌는 에피소드들 그리고 공부하다가 아는 것이 나올 때의 행복함, 내가 계획한 일정을 모두 소화해 뿌듯했던 하루 등 공부라는 것이 즐길 수 있는 것은 아니지만 그 속에서 저런 작은 기쁨들을 최대한 느끼려는 마음으로 공부한다면 조금이라도 고통이 덜어진다고 생각한다. 시험을 준비하는 수험생분들도 자신만의 즐거움을 찾아서 공부한다면 전쟁 같은 시험을 더욱 편하게 준비할 수 있다고 생각한다.

그리고 공부하면서 진짜 힘든 순간이 찾아올 때면 바로 항상 내가 이 공부를 왜 시작했는지를 돌아보는 것이 좋다. 회사를 퇴사하고자 마음먹었을 때 생각해야 할 것은 이 회사를 그만두려는 이유가 아니라 이 회사를 왜 다니려고 했는지에 대한 이유이다. 내가 처음에 이 회사를 왜 다니려 했는지를 생각해보고 난 후에 퇴사 결정을 내리는 것이 좋다고 한다. 공부도 마찬가지다. 내가 처음에 이 공부를 시작하게 된 계기가 무엇이고 왜 이렇게 힘들어 가면서까지 이 공부를 시작하려고 마음먹었는지를 다시 한번 생각해 본다면 잠깐의 슬럼프는 이겨낼 수 있을 것이다.

마지막으로 자기 자신을 제일 아껴주고 사랑해야 하는 것은 바로 자기 자신이다. 공부를 하다 보면 뜻하지 않은 인간관계나 혹은 예기치 못한 상황들에 의해 좌절할 때가 많다. 그럴 때마다 자신을 부추기고 일으켜주는 것은 결국 자기 자신이다. 스스로마저 자기 자신을 포기한다면 절대 합격할 수가 없다. 자신감을 가지고 할 수 있다고 생각하면서 공부를 한다면 분명히 합격하는 날은 올 것이다.

제2장

공시생 합격 꿀팁

환경이 공부에 미치는 영향

제일 먼저 선택한 공부 장소는 도서관이다. 도서관을 선택한 이유는 집에서 가까운 곳에 있었고 또 추가적인 금액이 안 들기 때문에 선택했다. 그때 당시 경제적인 형편이 좋지 않았기에 조금이라도 돈을 아끼자는 마음에서 도서관을 가게 되었다. 그리고 독서실은 너무 조용해서 오히려 그게 더 나를 불편하게 만들었기 때문에 약간의 소음이 있는 도서관이 오히려 나에겐 더 집중할 수 있는 환경을 만들어 줬다. 게다가 도서관은 지하에 식당이 있어서 공부하다가 식당에 가서 밥을 먹기에 너무나 좋은 환경이었고 가격도 저렴해서 이용하는 것에 불편함이 없었다.

그래서 초시생 때는 도서관만을 이용하며 공부를 했다. 도서관을 이용하면서 같이 공무원을 준비하는 분들이 다가와 말을 걸 때도 있었고 스터디를 같이하자는 분들도 계셨다. 따로 스터디하거나 그런 적은 없지만 한번 대화를 하고 난 이후에는 서로 마주칠 때면 인사를 해야 하고 또 밥을 먹을 때도 가끔 같이 먹어야 하는 불편함이 생겼다.

한 예로 도서관에 같이 다니시는 커플이 있었는데 두 분 다 7급 공무원을 준비하고 있었다. 나도 그때 당시 7급 감사직을 준비하고 있어서 7급 책을 펴놓고 공부를 하다 보니 그분들에 눈에 띄어 아마 같이 스터디를 하고 싶었던 것 같다. 그래서 내가 혼자 밥 먹으러 가려고 일어났을 때 여성분이 다가와 같이 스터디를 하자고 제안했다. 하지만 당시 나는 스터디에 대한 인식이 굉장히 안 좋았기 때문에 하는 것을 거절했다. 혼자서 밥을 먹으려고 내려가는 도중에 그 커플이 같이 따라와서 밥을 함께 먹자고 제안했다. 스터디를 거절한 것에 대한 죄책감이었는지 그러자고 대답을 했고 함께 식사를 하게 되었다. 처음에는 그냥 빨리 밥을 먹고 올라가려고 했으나, 남성분과 여성분이 돌아가면서 계속되는 질문을 하는 바람에 시간이 지체되기 시작했다. 나이는 몇 살인지, 몇 년을 준비했는지, 누구 강의를 듣는지에 대한 질문이 수없이 계속되었고 그 속에서 밥을 먹기가 굉장히 힘들었다. 그래도 오늘만 버티면 된다는 생각으로 모든 질문에 답을 하고 공부를 하러 올라왔다.

하지만 거기서 문제가 끝난 것이 아니었다. 화장실을 갈 때나 매점을 갈 때 우연히라도 만나면 인사를 해야 했고 인사하는 과정에서 잠깐에 대화가 진행되었다. 그런 시간이 점점 쌓이기 시작했고, 나 또한 어느샌가 대화를 즐기기 시작했다. 이런 내 모습이 점차 한심하게 느껴졌고, 그

분들과 만남이 조금씩 불편해지기 시작했다. 그래서 열람실을 바꾸거나 매점에 가는 시간도 최대한 줄이면서 공부하게 되었고 화장실 갈 때도 최대한 빠르게 다녀오게 되었다. 그렇게 사건이 일단락되는 것 같았는데, 그 커플이 헤어지면서 문제가 발생했다.

남성분이 헤어지고 난 이후 나에게 계속 찾아와 상담을 신청했고 나는 힘들어하는 남성분의 제안을 거절하기가 힘들었다. 그래서 쉬는 시간이라고 합리화하면서 잠깐잠깐 들어줬던 상담이 어느새 1시간이 지나간 경우도 있었고 집에 갈 때는 같이 가자면서 계속 자신의 고민을 털어놓은 적도 있었다.

이런 문제를 해결하기 위해 결국 그 남성분에게 이제 공부에 집중해야겠다고 말씀드렸고 그 남성분도 나의 마음을 이해해주었는지 알겠다며 자리로 돌아갔다.

그로부터 며칠 지나지 않아 그 남성분은 헤어졌던 여성분과 다시 만나기 시작하셨고 예전처럼 두 분이 공부를 계속 이어갔다. 결국 나의 시간만 손해 봤다는 생각이 들었고 앞으로는 자신만의 일에만 집중하겠다는 생각과 함께 공부를 시작했다.

도서관은 크게 위기가 여러 가지 있는데 첫 번째는 중고등학생들의 시험 기간이다. 모든 학생이 그런 것은 아니지만, 몇몇 소수의 학생은 시험 기간에 도서관에 와서 공부를 안 하고 친구들과 시끄럽게 떠들기 시작한다. 그것 때문에 많은 사람이 방해를 받고 또 항의해도 전혀 나아지지 않는 부분이다.

위험요소 두 번째는 나의 주변 사람이 누구냐다. 내가 앉은 자리 근처에 혹시라도 시끄럽게 떠드는 분이 있으면 자리를 계속 옮겨 다녀야 하는 경우가 생긴다. 어느 정도의 소음은 괜찮지만 내가 본 분들은 주무시면서 코를 심하게 곤다든가 아니면 집에서 된장국을 싸오셔서 냄새를 풍기는 분들도 있었다. 이런 분들이 주변에 앉으면 아무리 공부에 집중하려고 해도 도저히 집중되지 않는다. 그래서 결국 자리를 옮기거나 그분들에게 가서 말해야 한다.

마지막으로 세 번째는 도서관은 독서실과 다르게 공휴일에 운영을 안하고 또 정해진 시간이 있어서 동네마다 다르지만 이후에는 문을 닫는다. 그래서 공부가 잘되는 날에도 결국 집에 가서 공부해야 하는 상황이 발생한다.

도서관을 이용하면서 무료라는 장점이 있지만 다른 단점들도 고려해서 선택하는 것이 중요하다. 공부하는 데 환경은 정말 중요한 요소이기 때문에 내가 어디에서 공부할 것인가를 신중하게 선택해서 결정해야 한다.

공부는 집에서

도서관에서 공부를 잘하다가 결국 집에서 공부하는 것으로 바꾸게 된 가장 큰 계기는 계속되는 불합격으로 인해 도서관에 가기가 민망해서였다. 아무도 내 얼굴을 모를 수도 있고 관심도 없을 수도 있지만 스스로가 2년 넘게 같은 도서관을 다니다 보니 괜히 민망해지고 창피했다. 게다가 위에서 말한 커플들이 같이 도서관을 다녀서 지나가다 마주치는 것 자체가 서로 민망해서 집으로 옮겨 공부하기로 했다.

집에 모든 책을 옮기고 시작한 공부는 의외로 집중도 잘되고 마음이 편했다. 도서관에서는 아무래도 사람이 많다 보니 자신도 조심해야 할 일들이 많았지만 집에서는 나밖에 없다 보니 눈치 볼 사람이 없다는 것이 정말 큰 장점으로 작용했다. 일단 일어나서 바로 공부할 수 있어서 씻지 않아도 되었고 암기할 때 큰소리 내면서 읽는다든가 아니면 인터넷 강의 선생님과 대화하는 형식으로 공부할 수 있었다. 게다가 모의고사를 보고 싶을 때는 바로바로 프린트할 수 있다는 것이 큰 장점으로 작용했다.

경제적인 부분도 아낄 수 있었다. 가장 많이 들어가는 식사 비용을 일단 아낄 수 있었고 교통비나 부가적인 부분들을 절약할 수 있었다. 이번 기회에 핸드폰도 정지시켜서 핸드폰 비용도 따로 나가지 않았던 것이 가장 큰 장점이었다.

하지만 가장 큰 단점은 집에 있는 것이 익숙해지면서 점점 방해요소가 많아진다는 것이다. 도서관과 마찬가지로 크게 3가지 단점으로 구분할 수 있다.

첫 번째는 가족들의 방해이다. 예를 들면 공부를 좀 하려고 하면 밖에 티브이 소리가 크게 들린다든가 아니면 손님이 찾아온다든가 하는 등의 단점이 있다.

두 번째로는 눈치 볼 사람이 없다는 것이 오히려 방해요소이다. 도서관에서는 핸드폰으로 인터넷을 하거나 뭔가를 하면서 쉬더라도 다른 사람이 공부하고 있어서 최대한 적게 핸드폰을 이용하려고 하는데 집에서는 그런 눈치를 볼 사람이 없다 보니 마음껏 핸드폰을 해도 된다는 마음이 있다. 그래서 잠깐만 핸드폰을 하면서 쉬자고 생각해도 어느샌가 30

분 넘게 핸드폰을 하는 자신을 볼 수 있다.

마지막 세 번째로는 부모님과 잦은 마찰이다. 아무리 집에서 편하게 공부해도 예민해지는 것은 당연하기에 사소한 일에도 신경질적으로 반응하게 된다. 예를 들면 방이 더럽다고 청소 좀 하라는 말에도 예민하게 반응하게 된다든가 아니면 공부를 열심히 하고 있는데 밥 먹으라고 나오라고 한다든가 하는 것들이 공부에 방해가 된다고 생각할 수 있다.

하지만 이런 단점을 극복할 정도로 집에서 공부하는 것은 크나큰 장점들이 많다. 실제로 필자도 마지막까지 집에서 공부하면서 시험을 준비했고 또 집에서 공부한 내용이 가장 기억에 많이 남았다.

물론 사람마다 공부하는 장소의 선택이 다르긴 하지만 집에서 공부하는 것도 절대 나쁘지 않다는 것을 알리고 싶다.

이처럼 공부하는 장소에 대해 알아봤는데 독자님들도 앞으로 시험을 준비하고 공부하고자 한다면 공부를 하려는 장소 선택에 대해 신중하게 생각하기를 바란다. 한 번도 안 가본 독서실에 한 달 치를 결제하고 후회하는 것보다는 하루 먼저 나가보고 결정한다든가 하는 방식으로 최대한 효율적으로 공부할 방법을 찾아봐야 한다.

운동이 공부에 미치는 영향

공부하다 보면 장시간 의자에 앉아서 해야 하는 경우가 종종 있다. 아니 거의 매일은 하루 10시간 이상 앉아서 공부만 한다. 그러다 보니 허리도 아파 오고 체력도 안 좋아지는 것 같아서 운동을 해야겠다고 생각했다.

공부가 우선이기에 처음에는 운동을 가볍게만 하기로 했다. 그래서 공원을 한 바퀴 걷는다든가 아니면 집에서 아령을 드는 것 정도로만 했는데 이 정도로는 운동이 전혀 안 될 것 같아서 걷는 것에서 뛰는 것으로 바꿨고 아령도 무게를 더 높여서 제대로 된 운동을 하기로 했다. 운동을 시작한 지 얼마 안 되었을 때는 더 지치는 것만 같았고 몸에 힘도 다 빠져서 힘들었는데 시간이 지날수록 운동하는 것이 익숙해졌고, 아침에 일어날 때도 전보다 개운해진 느낌이 들었다. 게다가 운동을 하고 난 후에 흘리는 땀을 보면 뭔가 오늘 하루를 열심히 산 것 같은 느낌마저 들어 상쾌함이 더 했다.

예전에는 밥을 먹고 졸기도 하고 오래 앉아 있으면 멍하게 있을 때가 많았는데 운동을 하면서부터는 오래 앉아 있어도 버틸 수 있었고, 밥 먹고 졸던 버릇도 많이 나아졌다. 운동하는 것이 공부하는 것에 있어 시간을 많이 빼앗아가고 또 진이 빠져서 공부를 더 못하게 될 것으로 생각했는데 오히려 긍정적인 부분이 훨씬 많았다.

1차 필기시험에 합격한 후 면접 스터디원들에게 운동했냐고 질문한 적이 있는데 모두가 운동했다고 답변을 했다. 이 정도로 운동은 이젠 선택이 아닌 필수가 된 느낌마저 들었다. 물론 서로가 실천한 운동방식은 전부 달랐다. 어떤 스터디원은 훌라후프를 한 친구도 있었고, 또 배드민턴을 친다든가 자전거를 탄 친구도 있었다. 이렇게 각자 운동을 하는 방식은 달랐지만 합격할 때까지 운동을 계속 했다는 점은 모두 똑같았다.

공부하다 보면 아무래도 장시간 앉아 있고 또 밥을 먹고 이런 일상이 반복된다. 그러다 보면 몸무게가 계속 늘어나고 늘어난 만큼 몸을 움직일 때 힘들어진다. 그래서 아침에 일어날 때가 가장 힘들고 또 집 밖으로 나가기는 더욱 힘들어진다. 따라서 틈날 때마다 운동하면 몸이 가벼워지고 밥을 먹어도 오로지 살로만 가는 것이 아니라 근육으로도 가기 때문에 운동하지 않을 때보다는 살이 덜 찐다.

그래서 앞으로 내가 어떤 시험을 준비하게 된다면 시간을 정해서 이 시간 만큼은 운동하려고 노력하는 자세가 필요하다. 처음에는 의욕에 넘쳐서 몇 시간씩 앉아서 공부하는 것이 가능하지만 그게 3개월이 지나고 6개월 될 때쯤이면 체력이라는 것이 결국 바닥나기 마련이다.

그러므로 조금이라도 체력이 있고 준비할 수 있을 때 빠르게 준비하는 것이 시험에 합격 함에 있어 더욱더 빠른 지름길이 될 수 있다고 생각한다.

슬럼프가 공부에 미치는 영향

공부하면서 제일 크게 슬럼프가 왔을 때는 바로 재수까지 했는데 결국 시험에서 떨어졌을 때이다. 그때가 7급 감사직 준비를 2년 동안 준비했을 때였고 시험을 본 후에 느낌도 너무 좋았기 때문에 분명될 것으로 생각해서 더 크게 슬럼프가 왔던 것 같다.

도서관을 거의 매일 다녔으며 하루에 순공부 시간도 10시간 이상 나오기도 했는데 결국 시험에 떨어졌다. 나름대로 최선을 다했다고 생각했는데 감사직이라는 시험은 나름 가지고는 어림도 없었다. 정말 죽기 살기로 해야 할까 말까 한 시험이라고 생각한다. 그래서 그때 과락 맞은 과목 들을 보면서 정말 공부가 하기 싫었고, 공부를 안 하면 취직을 할 수 없으니 어떻게 해야 할지 고민을 정말 많이 할 때였다.

결국 지금까지 준비한 것은 공무원 시험이 전부였기에 이것 말고는 안 된다는 생각이 크게 들었고 다시 한번 준비하는 것 외에는 방법이 없다고 생각했다. 이렇게 반강제적으로 공무원 시험을 다시 준비하다 보니 책을 또 보는 것 자체가 나에게는 스트레스로 작용했고 인터넷 강의는 듣기조차 싫었다. 그래도 어떻게든 공부를 해야 한다는 생각에 슬럼프를 이길 수 있는 나름의 방법들을 생각해 봤다.

내가 생각한 슬럼프를 이기는 방법은 총 3가지인데 그중의 첫 번째 방법은 모의고사를 푸는 것이다. 어느 정도 실력이 된 다음에는 기본서를 백날 봐도 공부가 되는 것 같지도 않았고 또 봤던 것만 계속 보니까 재미도 없었다. 그래서 그럴 때마다 나는 모의고사를 풀었다. 하루에 한국사 모의고사만 7번을 푼 적도 있다. 정말 공부가 하기 싫으면 모의고사를 푸는 것만큼 좋은 게 없다. 한 번 풀고 나면 시간은 20분이 지나가 있고 채점하고 복습하면 1시간은 금방이다. 하루를 그냥 쉬는 것보다 모의고사를 푸는 것이 훨씬 더 좋기 때문에 정말 공부가 안 될 때는 모의고사를 푸는 것을 정말 추천한다.

이 방법이 좋은 이유는 설령 1회차 모의고사 점수가 낮게 나와도 2회차를 풀면 좋게 나올 수도 있기 때문에 멘탈이 회복될 수 있다. 나 같은 경우는 80점 이상 나올 때까지 모의고사를 푼 적도 있다. 결국 80점을 맞고 나서야 그만 푼 적이 있는데 나중에는 정말 오기가 생겨서 문제를 풀게 된다.

그리고 복습할 때는 대충하기보다는 컴퓨터 메모장을 켜서 모르는 보기를 옮겨 적어가며 공부를 했다.

이렇게 반복하다 보니 슬럼프가 오면 자연스럽게 모의고사를 풀었다. 또 자신만의 기준 점수를 정해서 그 점수가 나올 때까지 문제만 풀었다. 그러다 보니 오히려 슬럼프일 때 공부를 더 많이 할 수 있었던 것 같다.

물론 전혀 공부가 되지 않을 때는 한 번쯤 바람도 쐬면서 쉬는 것이 좋지만 그게 하루 이틀이 쌓이게 되면 결국 불합격으로 가기 때문에 웬만하면 공부를 하려고 노력하는 것이 좋다.

슬럼프를 이길 수 있는 두 번째 방법은 바로 합격 후에 무엇을 할지에 대해 메모장에 적어 보는 것이다. 이 방법은 자극을 주는 방법인데 공부를 하다 보면 합격하는 자신의 모습이 그려지지 않을 때가 있다. 보통 슬럼프 때 그런 생각이 많이 드는데 이럴 때일수록 자신이 합격할 수 있다는 생각을 주입해야 한다. 따라서 만약 합격을 한다면 제일 먼저 무엇을 하고 싶은지를 적어보는 것이다. 그렇게 하나씩 적다 보면 어느샌가 하고 싶은 일들로 메모장이 가득 차게 되고 그걸 읽어보면서 머릿속으로 그려보는 것이다. 그러면 결국 합격을 하고 싶다는 생각이 간절해지고 하루라도 빨리 내가 적은 일을 하고 싶다는 생각이 든다.

그리고 이 방법의 또 다른 장점은 갑자기 찾아온 합격에도 당황하지 않고 자신이 하고 싶은 일을 할 수 있다는 것이다. 필자는 갑자기 찾아온 합격에 당황해서 하고 싶은 일들을 마음껏 하지 못했던 게 아직도 아쉬움으로 남아 있다. 그래서 시간이 날 때마다 자신이 합격 후에 하고 싶은 것이 무엇인지를 한 번 적어보는 것도 슬럼프를 극복하는 데 좋은 방법이라고 할 수 있다.

세 번째로는 부모님 혹은 내가 사랑하는 사람을 생각하는 것이다. 아니면 이와 다르게 내가 이기고 싶은 경쟁상대를 생각하는 것도 좋다. 나 같은 경우는 도서관에서 그 커플을 경쟁 대상으로 삼고 더 늦게까지 공부하려고 했고 더 일찍 오려고 노력했다. 아무래도 같은 7급을 준비하던 친구들이었고 게다가 서로 얼굴을 익히고 나니 신경을 안 쓰려고 해도 자꾸 눈이 갔다. 그래서 슬럼프가 와서 공부가 안 될 때는 그 커플이 공부하는 것을 바라보면서 질 수 없다 라는 마음으로 더 열심히 공부했다.

도서관에서 공부를 마치고 집에 와서는 부모님을 생각하면서 조금이라도 더 열심히 해야 한다고 스스로 마음을 잡으면서 공부를 했다.

내가 공부하던 때가 우리 집 가정형편이 가장 안 좋았을 때여서 가족이 밥 한 끼를 먹기 위해서는 아버지께서 상하차하셔야 했다. 그리고 어머니도 끝없는 부업을 하셔야 했기에 결국 나 혼자서만 편안하게 공부하고 있는 셈이다. 그렇기에 두 분의 고생을 생각하면 공부를 안 할 수가 없었다.

가끔 너무 우울해져서 공부를 도저히 할 수 없을 때는 도서관 주변을 크게 돌면서 걸었던 적이 있었다. 그때만큼은 온갖 부정적인 생각을 다 했던 것 같다. 계속 모른 척하고 피하고 싶어도 스스로가 힘든 건 어쩔 수 없었고, 그 힘듦을 피하기보다는 가끔은 도서관 주변을 걸으면서 당당하게 마주 보고 싶었다. 지금의 내 처지와 상황을 정확하게 이해하려고 노력하고 이런 상황에서 더 최악으로 갈 수 있는 상황이 뭔지 등을 생각하면서 그런 상황이 되지 않기 위해 노력해야 할 것들이 뭔지를 스스로 고민하면서 걸었다.

슬럼프는 사람마다 다 다르게 온다. 또 어떤 상황에서 슬럼프가 왔는지 중요하다. 내 경우에는 재수까지 했음에도 시험에 떨어질 때가 가장 큰 슬럼프가 왔다. 그다음으로는 여자친구와 헤어졌을 때도 슬럼프가 왔다.

하지만 결국 슬럼프는 자신이 스스로 이겨내야 하는 문제다. 혼자서 이겨내지 못할 때는 주변 사람들의 자극이나 아니면 인터넷 같은 곳에서 볼 수 있는 명언 혹은 자극 동영상 같은 걸 본다면 도움이 될 것이다.

자극 동영상 중에 가장 기억에 남는 말이 있었다. 한 선생님께서 하신 말씀이었는데 아직도 기억에 남았다. 어떤 시험을 준비하는 학생이 다음 시험에 떨어질까 봐 겁이 난다고 선생님께 상담을 요청했다. 그러자 선생님께서 말씀하셨다.

선생님 : 시험에 한 번 만에 붙을 수도 있고, 두 번째에 붙을 수도 있고 열 번째에 붙을 수도 있습니다. 근데 한 번 만에 붙는다고 꼭 행복을 가져다주는 건 아니에요. 만약 학생이 운이 좋게 사법시험을 붙었다고 생각해보세요. 자신의 실력에 맞지 않게 붙은 사법시험은 재앙과도 같습니다. 연수원에가서 동기들과 경쟁을 해야 하고 거기서도 좋은 성적을 내야 검사 혹은 판사가 될 수 있어요. 근데 운이 좋게 붙은 시험인 만큼

학생은 다른 동기들보다 실력이 부족합니다. 그로 인해 변호사라는 직업 자체가 싫어질 수도 있어요. 차라리 제 실력에 맞게 떨어진 후에 다음 시험을 열심히 준비해 완벽하게 합격하는 것이 미래를 위해 더 좋을 수도 있다는 얘기입니다. 이처럼 시험을 한 번에 혹은 운이 좋게 붙는다고 항상 행복을 가져다주는 것이 아닙니다. 자신의 실력이 충분히 준비되면 합격은 원하지 않아도 따라올 겁니다.

　선생님의 말씀을 들으면서 생각난 것이 면접 스터디를 같이하던 분 중에 9급을 6개월 만에 합격하신 분이 있다. 하지만 그분은 6개월 만에 합격하다 보니 공무원 시험에 대해 생각보다 별 것 아니라는 생각이 드셨는지 9급에 만족을 못 한다고 하셨다. 그래서 7급을 준비하신다고 하셨고 면접 때도 나오셔서 7급에 관한 얘기를 주로 하셨다. 그런 마음이 점점 커졌는지 9급 면접 날에 면접 보는 곳이 너무 멀다는 이유로 가지 않으셨고 어차피 7급 되면 9급은 안 갈 거라고 말씀하시면서 그 시간에 7급 공부를 하신다고 하셨다. 하지만 생각보다 7급 시험은 어려웠고 9급과 다르게 7급은 과목을 두 개나 더 추가하기 때문에 단기간에 합격하기는 힘들었다. 그래서 결국 지금도 내년 7급을 위해 준비하고 있다.

　이와 같이 한 시험을 너무 단기간에 붙어버리면 소중한 합격임에도 너무 가벼워 보일 수도 있고 또 더 큰 욕심을 내다가 둘 다 잃는 경우가 생길 수도 있다. 선생님의 말씀처럼 때로는 남들보다 늦게 혹은 내가 예상한 것보다 늦게 붙는다 하여도 그것이 꼭 불행한 것이 아니다.

나도 만약 7급 감사직을 한 번에 붙었다면 조금만 직장 생활이 힘들어도 금방 포기하고 다른 일을 준비했을 수도 있다. 결국엔 나 스스로가 선택한 9급 공무원에 합격했고 지금은 정말 만족한 상태로 발령을 기다리고 있다.

　뜻대로 시험 결과가 나오지 않는다고 해서 좌절하지 말고 다음 번엔 내 차례라는 생각으로 공부하는 것도 슬럼프를 이겨내는 것에 도움이 되리라 생각한다.

친구 관계가 공부에 미치는 영향

초시생 때는 연애를 안 하고 있어서 딱히 연애 문제로 힘든 것은 없었지만 친구와의 관계 때문에 힘든 적은 많았다. 필자는 내성적인 성격으로 주변에 친구들이 많거나 아는 사람이 많은 편은 아니었다. 그래도 고등학교 때부터 알던 친구들이 몇 명 있었는데 그 친구들이랑은 매일 만나다시피 했던 친구들이었다. 그러다 보니 갑작스러운 나의 공부 소식은 친구들에겐 어색한 일이었다. 일주일에 못 해도 세 번 이상은 만났던 친구들이었는데 이제 공부를 하다 보니 한 달에 하루도 만날까 말까 한 사이가 되어버린 것이다.

친구들은 처음엔 이해했지만 시간이 지날수록 만나자는 얘기를 많이 하게 되었고 나는 입으로만 약속을 정했다.

"그래, 다음에 보자. 진짜 다음엔 나갈게."라는 식으로 날짜만 연장할 뿐 한 번도 나간 적이 없었다. 이런 점이 친구들에겐 못마땅해 보였고 어느새 불만은 쌓여가기 시작했다.

시간이 얼마 지나지 않아 한 친구에게서 전화가 왔고 나는 반가움 마음에 전화를 받았다.

"우주야, 공부 잘하고 있냐?"라는 친구의 물음에 나는 반갑게 인사했다.

"하고는 있는데 진짜 너무 어렵다."

"공부하는 모습 좋긴 한데 가끔은 우리랑도 만나서 놀자. 너도 쉴 때가 있을 거 아니야."라는 친구 말에 조금 서운해졌다. 내가 놀기 싫어서 안 노는 것도 아니고 공부하느라 어쩔 수 없는 건데 이걸 이해 못 해주나? 라는 마음이 들었다.

"내가 안 놀고 싶어서 그러는 것도 아니잖아."라고 조금 차갑게 대답했고 친구는 알겠다며 잠깐의 통화 후 전화를 끊었다. 이때가 친구에게 걸려 온 마지막 통화였다.

나는 친구들의 입장을 조금도 이해하려 하지 않았다. 그저 내 할 일이 중요했고 자꾸 만나자고 하는 친구들이 그저 귀찮기만 했다. 원래 메신저에 단체대화방이 있었는데 공부를 시작하면서 나는 바로 나가버렸다. 친구들에게 개인 메시지가 와도 한참 후에야 답장을 하곤 했다. 그런 것들이 친구들의 마음을 상하게 했고 나는 점점 이기적으로 변한다는 것을 알지 못했다.

갑자기 연락이 끊긴 친구들에게 오히려 고맙다고 말한 적도 있다. 공부를 방해받는 것이 그 정도로 싫었기 때문에 이제는 연락을 안 하는 친구들에게 오히려 고마워한 것이다. 어차피 합격하면 친구들도 돌아올 거로 생각했기에 별문제가 되지 않았다. 몇 년을 같이 지낸 친구이고 또 같이 놀았던 세월이 있기 때문에 합격만 한다면 다시 예전처럼 놀 수 있을 것으로 생각했다.

하지만 합격하는 날이 점점 뒤로 밀려가면서 친구들과 연락을 안 하게 된 지 1년, 더 나아가 2년이 넘어가면서부터는 불안해지기 시작했다. 점점 친구들이 어떻게 생활하는지조차도 알 수 없었다. 어느 새 한 친구의 메신저 프로필 사진은 청첩장으로 표시가 되어있었다. 처음에는 놀라움이 컸다. 고등학교 때 만난 친구가 벌써 결혼을 준비하다니. 하지만 시간이 지나 서운하기도 했다. 아무리 연락이 뜸해졌어도 결혼하게 되었으면 나한테 말이라도 해주지라는 생각이 들었는데, 시간이 흘러 느낀 감정은 이전과는 달랐다. 친구가 이렇게 결혼을 준비하기까지 나는 친구에게 연락 한 번 하지 않았다는 생각으로 가득 찼다. 합격만 하면 다시 원래의 관계로 돌아올 것이라는 나의 착각이 드러난 셈이다. 결국 나의 시간은 여전히 수험생인 채로 머물러 있지만 친구들의 시간은 또다시 흘러가고 있었다.

합격한 지금도 결국 친구들에게 연락할 수 없었다. 아니, 오히려 하기가 더 민망했다. 수험생일 때는 아는 척도 안 하다가 합격하니까 뭔가 자랑하려고 연락하는 것처럼 보일까 봐 차마 연락을 할 수가 없었다. 스스로가 너무 이기적이었고 나의 입장만 알았으며 다른 사람의 감정은 전혀 신경 쓰지 않았던 그때가 지금도 후회된다. 그때 당시 나는 그렇게 해야만 붙을 줄 알았지만 지금 와서 돌아보면 인간관계를 다 정리하고 시험을 준비하는 것은 너무 무리수였다. 어차피 24시간 내내 공부만 하는 것이 아니기 때문에 가끔은 친구들과 이런 저런 대화도 하면서 보냈다면 더 즐겁게 수험생활을 보낼 수 있었을 것으로 생각한다.

공부를 하는 데 있어 정말 도움이 안 되고 방해만 되는 친구라면 몰라도 함께 오랜 시절을 같이 보낸 친구라면 자신의 감정만을 앞세워 상처 주지 말고 그 친구의 입장에서 한 번쯤은 생각해보는 것이 앞으로 수험생활을 함에 있어 더 도움이 되리라 생각한다.

연애 관계가 공부에 미치는 영향

7급 감사직 시험을 처음으로 떨어진 후에 대학교에 복학하고 여자친구를 사귀게 되면서 그 친구에게 긍정적인 에너지를 많이 받았다. 너무나도 큰 점수 차이로 떨어져서 항상 우울해 있던 나에게 그 친구는 먼저 다가와 다시 한번 시험을 도전할 수 있게끔 용기를 전해준 친구다.

그 친구 덕분에 재수를 준비하게 되었고 하루하루를 그 친구에게 보고하면서 공부했다. 아침에 일어난 시간을 인증샷 찍어서 메시지로 보냈고 도서관을 도착하면 도착한 시간도 인증샷으로 찍어서 메시지로 보냈다. 그리고 점심을 먹고 혼자 도서관 주변을 산책할 때면 여자친구에게 전화를 걸어 통화하면서 운동을 했다. 이렇게 하면서 연락을 유지하다 보니 처음에는 너무나도 좋았고 기나긴 시험 기간을 버틸 수 있을 것만 같았다.

하지만 여자친구 입장에서는 매일 같이 같은 얘기를 들어야만 했다. 산책하면서 하는 통화에서도 공무원에 관련된 얘기를 들어야 했으며 어느샌가 문자메시지 함도 공무원에 관련된 얘기와 인증샷으로 가득 차게 되었다.

언젠가 여자친구가 이런 말을 한 적이 있다.

"내가 공무원 시험을 준비하는 것 같은 느낌이야."

우스갯소리로 나한테 이런 말을 한 적이 있는데 그만큼 매일 매일을 공무원 관련 얘기만 들은 것이다. 그러다 보니 어느샌가 여자친구는 지쳐갔고 좀 더 다른 얘기를 하고 싶어 하는 눈치였다. 그런 눈치를 전혀 채지 못한 나는 내 생각만을 앞세우며 자신의 공무원 관련 얘기만을 지속적해서 했다. 그때는 내 하루가 전부 공무원 준비에만 집중되다 보니 아무래도 할 얘기가 공무원 얘기밖에 없었고 또 가장 의지하는 상대에게 고민을 다 털어놓고 싶었던 것 같다. 그런 의지가 어느샌가 여자친구에게는 부담이 되었고 스트레스가 되었던 것 같다.

어느 날은 점심 먹고 같은 시간에 전화했는데 여자친구가 받지를 않는 것이었다. 물론 바쁜 일이 있고 자기만의 개인적인 시간이 있다 보니 못 받을 수도 있는데 그때 당시는 매일 같이 받아주던 여자친구가 갑자기 받지 않자 걱정이 되고 신경이 쓰였던 것 같다. 그래서 여자친구의 연락이 올 때까지 자꾸 기다리게 되고 공부도 잘되지 않았다.

한참 후에 여자친구에게서 연락이 왔을 때는 반가움보다는 화가 났다. 대체 무슨 일을 했기에 연락이 없었는지 꼭 들어야겠다며 화를 낸 적이 있다. 여자친구는 우연히 고등학교 친구를 만나 같이 점심을 먹느라 연락을 하지 못 했다고 말했지만 나는 귀에 들리지 않았고 그저 내가 신경 쓰느라 공부를 못 한 것에 대해 보상하라는 식으로 화만 냈다.

착하기만 하던 남자친구가 시험을 준비하면서 점차 예민해져 가는 모습을 가장 가까운 곳에서 지켜본 여자친구는 점차 나의 연락을 피하게 되었고 우리는 이별하게 되었다.

처음 이별을 하고 나서는 자기합리화를 했던 것 같다. 어차피 공부하는데 여자친구라는 존재는 방해만 될 뿐이라는 식으로 자신을 합리화하면서 버티려고 노력했다. 하지만 이러한 노력에도 결국 이별의 아픔은 찾아 왔고 도서관에 가서 앉아있는 동안에도 도저히 책이 읽히지 않았다.

시간이 지날수록 이별의 아픔이 무뎌지기보다는 오히려 화가 났다. 굳이 시험을 준비하고 있는 시기에 이별을 해야 했었느냐는 생각도 들었고, 나를 조금만 이해해주는 것이 그렇게 어려웠나 라는 생각도 들었다.

그때 당시에는 정말 이기적이었다. 주변에 사람들이 하나둘씩 떠나가고 있음에도 그저 떠나간 사람들만의 잘못으로만 몰아세웠다. 나 자신은 공부하는 것이 무슨 벼슬인 것처럼 행동했고 스스로 잘못은 전혀 생각하지 않고 모든 탓을 시험과 떠나간 사람의 탓으로만 돌렸다.

결국 여자친구와는 완전한 이별을 했고 나 혼자 도서관에 남겨졌다.

매일같이 보내던 문자 메시지는 이제 아무 데도 보낼 곳이 없었고 점심 먹고 산책할 때 늘 하던 통화는 어느샌가 노래를 들으면서 걷는 것으로 바뀌었다.

있을 때는 몰랐던 여자친구의 빈 자리가 하루하루 점점 크게 느껴지기 시작했다. 다시 붙잡고 싶은 마음도 컸지만, 그때의 나는 다시 만난다고 한들 잘해줄 자신이 없었기에 혼자서 이겨내야 한다고만 생각했다.

여자친구가 끝까지 나를 믿어 주고 그리고 나 또한 여자친구에게 예민함을 보여주지 않는 선에서 공부를 계속한다면 아마 좋은 관계를 유지할 수 있었을지도 모른다. 하지만 공부를 하다 보면 보이는 세상이 너무 작아지고 나 또한 자존감이 낮아지다 보니 상대방의 한마디 한마디의 예민하게 반응하게 된다. 이런 결과가 곧 이별을 만들었고 우리는 그렇게 헤어졌다.

연애하면서 공부를 하는 것이 무조건 안 좋은 결과가 나오지는 않지만, 서로의 위치가 달라지다 보니 공감대가 형성되지 않게 되고 자연스럽게 대화할 내용이 줄어들게 된다. 공부하는 수험생 입장에서는 하루를 책만 보며 살아가지만 수험생이 아닌 이성 친구는 더 넓은 세상을 보면서 살아간다. 그러다 보니 하고 싶은 얘기가 서로 다르게 되고 그 다름을 서로가 이해하지 못하게 되면서 싸움이 발생하는 것 같다.

이러한 싸움을 미리 대비하고 서로 충분한 대화를 마친 다음에 수험생활을 시작한다면 공부를 함에 있어 오히려 서로가 서로에게 자극이 되어 좀 더 즐거운 수험생활을 보낼 수도 있을 것이다.

각 과목별 공부 방법

공무원 시험에 합격한 이후 어떻게 공부를 했는지에 대해 많은 질문을 받았다. 아무래도 시험에 합격하기 위해서는 합격 수기만큼 좋은 것은 없기 때문에 합격한 사람들이 어떻게 공부했는지도 많은 관심사가 되는 것 같다.

먼저 내가 공부한 방법이 무조건 정답도 아니고 그리고 또 각자의 공부 방법이 있어서 여기서 적은 공부 방법은 참고하는 정도로만 하는 것을 추천해 드린다.

제일 먼저 국어는 인터넷 강의로 공부를 했으며 크게 문법과 문학 파트로 나뉜다고 봤을 때 필자의 경우는 문법 파트만 공부를 했다. 문학 파트는 따로 기출문제를 풀면서 보충했고 주로 문법 파트만 집중적으로 공부를 했다.

문법 파트만 공부한 이유는 제일 먼저 암기해야 할 것이 많았기 때문에 초반에 암기를 다 하지 못하면 시험장에서 무조건 틀릴 수밖에 없기 때문이다. 문학 파트는 공부하지 않고 시험을 봐도 맞힐 수가 있지만, 문법은 공부하지 않으면 무조건 틀리는 파트이기 때문에 초반에 확실하게 잡고 가야 시험 날까지 불안함 없이 공부할 수 있기 때문이다.

그래서 기출문제를 들어가기 전 기본서를 공부하는 시기에는 문법 책만을 공부했고 인터넷 강의도 문법 파트만 들었다. 그리고 문법 파트가 어느 정도 실력이 나온다고 생각이 들면, 기출 문제집을 사서 기출 문제를 위주로 풀면서 모르는 내용이 있으면 인터넷 강의를 들으면서 공부했다. 기출문제를 풀면서 자연스럽게 문학 파트도 공부하는 식으로 같이 공부를 했다. 그리고 문학은 따로 공부를 안 했기에 틀리는 문제든 맞는 문제든 기출 강의를 들으면서 따로 메모할 건 메모하면서 공부를 했다. 그렇지만 문학에 시간을 너무 많이 투자하지는 않는 위주로 공부했다. 어차피 실제 시험장에서는 다른 독해 지문이 나올 것으로 생각했고, 시와 같은 문제도 어느 정도 배경 지식만 익히는 수준으로 공부했다.

한자나 고유어 같은 경우는 시간이 날 경우 핸드폰 어플을 이용해 공부하는 방식으로 했으며 따로 책을 사거나 스터디를 하면서 공부를 하지 않았다. 외워서 맞힐 확률이 너무 낮았고 범위가 너무 넓었기 때문에 효율성이 떨어진다고 생각했다.

기출문제를 공부하기 시작하면서부터는 노트북에 메모장을 많이 이용했다. 틀린 문제가 있으면 메모장에 적어서 시간 나는 대로 암기하는 방식으로 공부했다. 한 번 틀린 문제는 다신 안 틀리겠다는 마음으로 공부를 한 것이다. 이 방법이 조금 귀찮기도 하고 번거롭지만 내가 살면서 해 온 공부방법 중에는 최고라고 생각한다.

어떤 시험이든 기출문제가 가장 중요한데 이런 방식으로 공부를 하면 보기 지문까지 전부 암기할 수 있을 정도로 도움이 된다. 필자의 경우는 아침에 도서관에 도착하면 노트북을 켜서 인터넷 강의를 듣기 전에 메모장으로 먼저 틀린 문제들을 한 번씩 훑고 강의를 듣는다. 그러다 보면 어느새 웬만한 문제들은 다 암기가 되고 또 암기된 것은 메모장에서 삭제하는 방식으로 공부했다. 필자가 생각하기엔 기출문제를 외우는 방법 중에는 이 방법이 제일 좋은 것 같았다.

국어는 이런 식으로 공부를 했고 매일 국어를 공부하기보다는 시험이 가까워질수록 격일로 공부했다. 국어라는 과목은 아무리 공부를 해도 어차피 시험 날에는 새로운 문제가 나오기 때문에 그냥 감만 익힌다는 느낌으로 공부를 했다.

그다음 과목은 영어인데 영어는 제일 좋아하는 과목이고 또 잘하는 과목이어서 성적 때문에 스트레스를 받은 적은 없었다. 하지만 국어와 마찬가지로 감을 잊어버리면 한순간에 점수가 떨어지기 때문에 항상 감을 유지한다는 생각으로 공부했다.

영어를 공부할 때 가장 중요한 건 바로 영어단어 암기이다. 영어단어만 암기해도 수능 3등급은 맞는다는 고등학교 선생님 말씀이 떠올랐다. 그 정도로 영어단어가 중요하다는 뜻이다. 그래서 자신이 영어 성적으로 고민이라면 당장 영어단어 책을 펴고 한 달 동안 영어단어 책만 달달 외우는 것을 추천한다. 무조건 점수가 오른다. 그 이유는 독해라는 과목도 결국 영어단어로 이뤄진 글이고 어휘문제는 말할 것도 없고 생활영어도 마찬가지다.

즉, 영어 문법을 제외하곤 전부 영어단어만 알면 풀 수 있는 문제들이다. 영어단어만 잘 되어있으면 문법 문제를 다 틀려도 80점에서 90점은 맞을 수 있다는 것이다. 그래서 영어는 오히려 다른 과목보다 자신 있었다. 그리고 공부를 할 때도 문법과 영어단어 외에는 따로 공부하지는 않았다.

국어와 마찬가지로 독해는 시험 한 달 정도 전부터 기출문제를 푸는 형식으로만 공부하고 평소에는 영어단어를 암기하거나 문법 문제를 푸는 방법으로만 공부했다.

문법을 공부할 때는 이론서를 먼저 본 후에 기출 문제를 풀 때 틀렸던 문제들을 이론서에 적어두는 방법으로 공부했다. 예를 들면 수일치 문제가 틀렸으면 이론 책의 수 일치 파트로 가서 틀린 이유를 적었다. 그렇게 하다 보니 나중엔 이론서만 봐도 틀렸던 것들이 생각났고 또 복습까지 하게 되는 장점이 있었다.

영어라는 과목에서 문법 문제는 사실 모든 과목 통틀어 가장 쉬운 파트다. 그 이유는 범위가 정해져 있기 때문이다. 영어 문법은 정해진 범위가 있다. 그래서 그 범위 안에서만 문제가 나오며 또 나왔던 유형이 계속해서 반복되어 나오고 있다. 따라서 내가 문법 1번 문제를 푼다고 가정한다면 1번 문제가 시제 문제인지 아니면 도치 문제인지를 늘 적어두는 연습을 하는 것이 필요하다. 그러다 보면 실제 시험장에서 문법 문제를 풀 때, 아, 이거 시제 문제네! 라고 말하면서 풀 수 있다. 그럼 자신의 정답에 확신이 들고 자신감이 들어서 좀 더 긴장을 풀면서 시험을 볼 수 있을 것이다.

그리고 어휘문제를 풀 때 팁을 드리자면 +와 −를 이용해서 푸는 방법이 가장 좋다. 아무리 영어단어를 열심히 공부했어도 결국 시험장에서 모르는 단어가 나오면 틀릴 수밖에 없다. 따라서 모르는 단어가 나와도 풀 수 있는 연습을 항상 해야 한다.

영어 문제를 풀다가 모르는 단어가 나오면 당황하지 말고 바로 보기의 문제들을 보면 된다. 보기에 나온 단어의 뜻을 먼저 살펴본다. 보기 중에 하나는 다른 단어들과 느낌이 다를 수 있다. 가령 3개의 단어는 밝은 느낌일 수 있고 나머지 1개의 단어는 어둡고 부정적인 느낌이 들 수 있다.

이런 식으로 자신만의 기출문제를 푸는 연습을 하는 것이 정말 좋다. 실제 시험장에서는 아는 문제들보다 모르는 문제들이 많이 나오기 때문에 이런 식으로 공부하는 방식이 모르는 문제가 나왔을 때 훨씬 더 정답에 가깝게 맞출 수 있기 때문이다.

독해 같은 경우는 끊어서 읽는 것이 정말 중요하다. 시험시간이 너무 적다 보니 급하게 읽으시는 분들이 많은데 오히려 그렇게 읽을 경우 다시 처음으로 돌아가 읽어야 하는 경우가 많다. 그래서 급하게 읽지 말고 한 문장 한 문장 천천히 끊어서 읽는 것이 문제를 푸는 데 훨씬 효율적이다.

필자의 경우는 처음 독해 지문을 읽을 때 3줄 정도를 한 번에 읽고 그다음 대략적인 주제나 키워드를 파악한 다음 문제를 본 후에 다시 본문을 읽었다. 3줄을 읽을 동안 그 독해의 키워드는 분명히 나오기 때문에 키워드만 파악해도 보기 지문 두 개는 소거하고 시작할 수 있기 때문이다.

다음으로는 한국사 과목을 공부하는 팁인데, 개인적으로 한국사가 가장 공부하기 까다로운 과목이었다. 범위는 정해져 있지만 나올 수 있는 문제가 너무 무궁무진하게 많았기 때문이다. 그래서 구석기 시대를 공부할 때도 그냥 보는 것이 아니라 어떤 식으로 문제가 나올까를 생각하면서 공부했다. 그리고 한국사를 공부할 때 팁은 무조건 암기를 하기보다는 기출문제를 많이 풀어보는 것이 좋다고 생각한다.

기출문제를 거의 다 외우듯이 푸는 게 정말 좋은 점이 결국 문제가 어느 정도는 돌고 돌기 때문에 기출문제에서 나왔던 문제가 올해도 나올 수 있기 때문이다.

한국사의 경우 범위가 워낙 넓고 또 어렵게 내고자 한다면 정말 어렵게 문제를 낼 수 있기 때문에 기출문제를 위주로 공부하는 방법이 가장 깔끔하다고 볼 수 있다. 그리고 모의고사 책을 사서 꼭 푸는 것을 추천하고 또 추천한다. 다른 과목은 모의고사까지 굳이 안 풀어도 괜찮다는 생각인데, 한국사만큼은 모의고사를 꼭 구매해서 풀어보길 바란다.

한국사라는 과목이 옛날에는 효자 과목이라고 불릴 만큼 문제가 쉽고 간편하게 나왔다면 요새는 사료라고 해서 지문도 굉장히 길게 나오고 까다로운 스타일로 나오는 추세이다. 따라서 모의고사를 풀면서 여러 문제를 익히고 시험장에 가는 것이 가장 좋은 판단이라고 볼 수 있다.

이것으로 공통과목에 관한 공부 팁을 마치고 다음은 선택과목인 행정학과 행정법에 관한 공부 방법을 설명하고자 한다. 행정법 같은 경우는 이번에 점수가 70점밖에 안 되기 때문에 공부 방법을 따로 설명해 드리기가 민망해서 행정학을 위주로 설명하려고 한다.

행정학의 경우는 단 4개월 만에 85점을 맞은 과목이다. 먼저 다른 선택과목을 제치고 행정학을 선택한 이유는 간단했다. 필자가 행정학과이기 때문에 행정학을 선택했다.

하지만 중요한 점은 처음 행정학 시험을 봤을 때 점수가 40점이었다. 기본 베이스가 전혀 있지 않았고 이론적으로는 어느 정도 알아도 문제를 풀 때는 하나도 도움이 되지 않았다. 결국 처음부터 공부해야 하는 것은 똑같았다. 그런데도 행정학을 선택한 이유는 먼저 보기 지문이 다른 과목에 비해 짧다는 점이다.

시험 시간이 큰 압박으로 다가오는 공무원 시험에서 빠르게 답을 낼 수 있는 과목이 하나 있다면 그것만큼 좋은 점이 없다. 빠르게 답을 내면 다른 과목은 천천히 문제를 풀 수 있다는 것이기에 바로 행정학을 선택했다.

그리고 행정학은 공부한 만큼 점수가 나올 것으로 생각했다. 범위가 넓긴 해도 결국 내는 문제는 한정되어 있다고 판단했기에 행정학이라는 과목은 여러모로 이점이 많은 과목이라고 생각했다. 기출문제를 살펴봐도 늘 나오는 문제가 비슷하게 나왔고 문제 패턴도 어느 정도 고정되어 있는 모습이었다.

그래서 행정학을 선택했는데 내가 생각한 것만큼 수월하지는 않았다. 범위가 워낙 넓었고 암기해야 할 것들이 끊임없이 나왔다. 그래도 나름 행정학을 4년 공부했는데 정말 모르는 것들 투성이인 만큼 도움되는 것이 없었고 모든 것이 낯설고 새로웠다.

시간은 점점 지나가고 시험 날은 다가오면서 마음은 계속 초조해졌기에 기본서와 기출문제를 따로 풀지 말고 한 번에 풀자는 계획을 세웠고 그 계획은 제대로 맞아떨어졌다. 아침에는 기본서를 보고 저녁에는 기출문제를 풀면서 복습과 진도를 둘 다 잡았고 또 기억에도 더 잘 남는 공부 방법이었다. 다른 과목이었으면 어려웠을 법한 공부방식이었지만 행정학은 문제 지문이 짧았기에 가능한 방식이었다.

행정학 20문제를 푸는 데 걸리는 시간은 길어야 10분일 정도로 빠르게 풀 수 있었다. 그래서 저녁에 기출 문제를 푸는 데도 시간이 오래 걸리지 않아 공부하기가 효율적이었다.

이런 방법을 통해 나는 행정학을 4개월 만에 공부할 수 있었고 시험 날에도 좋은 점수를 맞을 수 있었다.

이렇게 행정학을 끝으로 공부 방법을 마치면서 이 책을 끝내고자 한다. 많은 시간이 걸렸고 많은 고통도 있었지만, 이러한 과정을 통해 합격이라는 결과를 낼 수 있어서 정말 기쁘고 다행이라고 생각했다. 처음에 계획한 기간보다 더 길게 공부를 했지만, 그리고 또 7급이 아닌 9급으로 합격을 했지만 전혀 아쉽거나 후회가 되지는 않았다. 지금 얻은 이 합격이 그만큼 간절했고 또 소중했기에 지금은 그것만으로도 너무 행복하고 만족스럽기 때문이다.

게다가 본문에서도 언급했듯이 이 합격을 끝으로 내 인생이 마치는 것이 아니라 새로운 시작을 하기 위한 발판이 되었다고 생각한다. 간절히 바라고 노력한다면 이룰 수 있다는 것을 깨달은 지금이라면 또다시 새로운 도전을 하게 되더라도 두렵지 않았다.